CONTENTS

다른 사람과 하는 러브코미디는 용서하지 않을 거니까 4

하바 라쿠토
ill. 이코모치

일러스트 | **이코모치**

『키스미, 아직 안 자?』

"……안 자."

『목소리가 아주 졸린 것 같아.』

"그야 밤도 꽤 깊었으니까."

여름방학의 장점은 밤늦게까지 안 자도 된다는 점이다.

요루카와 만나지 못했던 날도 자주 메시지를 주고받았다. 아무리 실없는 내용이라 해도, 좋아하는 사람과 글자로 대화하는 것만으로도 즐겁기 마련이다.

밤이 되어 잘 시각이 되어도 부족할 때는 요루카 쪽에서 전화를 건다.

얼굴이 보이지 않아도 귓가에서 느껴지는 연인의 목소리로부터 어떤 표정을 짓고 있는지 바로 상상이 갔다.

정신없이 빠져서 대화하다 보면 어느새 수 시간. 시곗바늘이 심야 2시를 넘어갔다.

스마트폰이 뜨끈뜨끈하고 나도 이쯤 되면 졸리다.

『나와 대화하는 거 지루해?』

"너무 즐거워. 즐겁지만 졸음이."

하품이 나오려는 걸 필사적으로 참았다.

『하지만 내일도 데이트하고 싶었는걸.』

"아리아 씨와 오랜만에 외출한다며. 선약을 걷어차고 나를 우선할 수는 없잖아."

『하지만 키스미는 내 연인이잖아.』

"…………."

『키스미? 안 들렸어?』

"들었어. 녹음하고 싶으니까 한 번 더 말해줘!"

귓가가 갑자기 조용해졌다.

전파상황이 나빠지기라도 한 건지 의심하며 스마트폰을 귀에서 뗐다.

그러자 화면에 요루카의 얼굴이 난데없이 클로즈업으로 표시되었다.

영상통화로 바꾼 모양이었다.

방의 불은 껐지만, 머리맡의 은은한 간접조명 불빛이 요루카의 얼굴을 비춰주었다.

요루카도 계속 침대에서 통화하고 있었던 모양이다.

늦은 시각이니 파자마 차림. 연한 파스텔톤의 파자마는 어린 소녀 같은 인상이다. 어른스러운 요루카와 언밸런스함이 신선해서 귀엽다. 소매 길이는 적당하지만 품이 큰 파자마라서 목둘레가 상당히 파여 있다. 그런데도 가슴께는 조금 답답해 보였다.

『이러면 조금은 졸음도 날아갔을까?』

나는 침대에서 상반신을 일으켜 화면을 뚫어지게 쳐다보았다.

"날아갔어! 훨훨!"

『단순하기는.』

"세나 키스미라는 남자를 아니까 멋진 파자마 모습을 보여준 거지?"

내 시선이 향하는 곳을 알아차린 요루카는 허둥지둥 이불을 끌어당겨 가슴을 덮었다.

"여름이니까 덥잖아? 더 편히 있어."

『안 됐네. 에어컨 틀어놔서 쾌적해.』

요루카는 입술을 삐죽였다.

"요루카는 아직 안 졸려?"

『괜찮아. 내일 만나지 못하는 만큼 키스미와 더 대화하고 싶어.』

"나도."

『조금 전까지 졸려 했으면서.』

"전화로 듣는 목소리와 실제 컨디션이 똑같다는 보장은 없어."

요루카는 '거짓말쟁이'라고 하면서도 웃었다.

"……왠지 행복하네."

나는 불현듯 가슴을 채우는 행복을 그대로 입에 담았다.

『나도.』

"좋구나, 여름방학."

『좋네, 여름방학.』

나도 요루카도 동시에 웃었다.

좋아하는 사람과 시간을 신경 쓰지 않고 마음껏 대화할

수 있다.

우리는 현재 고등학교 2학년의 여름방학을 만끽하는 중
이었다.

◇ ◇ ◇

어젯밤은 결국 요루카가 잠들면서 통화를 끝냈다.

중간에 침대에 눕는가 싶더니 대답이 느려졌고, 순식간
에 눈꺼풀이 내려갔다.

나는 새근새근 잠든 요루카의 귀여운 얼굴을 화면 너머
로 잠시 바라본 뒤 살며시 통화를 끊었다.

완전히 밤을 새워버렸지만 내일, 아니 오늘은 딱히 일정
이라고 할 만한 일정도 없다. 실컷 늦잠 자야지. 그렇게 결
심하고 잠들었다.

"키스미, 일어나! 배고파!"

동생 에이가 내 침대에 뛰어들어서 강제로 깨버렸다. 여
름방학인데도 가차 없다.

체감 수면시간은 완전히 찰나. 무거운 눈꺼풀을 들자 에
이의 미소가 눈앞에 있었다.

"깨울거면 평범하게 깨워. 그리고 오빠라고 불러야지."

잠이 부족한 데다 막 눈을 떴기 때문에 상당히 낮은 목
소리가 나왔다. 목도 마르다.

"에이는 오늘 계란프라이 먹고 싶어! 반숙으로."

마이웨이인 동생은 내 이야기는 조금도 듣지 않고 일방적으로 노른자의 익힘 정도를 지정했다.

"에이. 너도 이제 4학년이니까 그 정도의 요리는 직접 해보지 그래?"

"키스미가 만들어주는 게 좋아."

아직 침대에 누워있는 나를 깔아뭉갠 채 움직이려 하지 않는 에이는 천진난만하게 대답했다.

알맹이는 아직 어린이인 초등학생이지만 에이의 외모는 나이에 맞지 않게 성숙하다.

"그 어리광도 상대를 잘 골라야 한다?"

"? 키스미에게만 하는데."

동생은 의아한 얼굴로 이쪽을 바라보았다.

"어른이 되어도."

"어른이 되면 이런 거 안 해."

이 녀석, 계획범이었냐.

"하아. 반숙이면 되지?"

"와, 만세!"

에이는 그제야 내 위에서 비켰다.

"키스미, 빨리 해 줘!"

요구사항을 모두 전달한 에이는 곧바로 내 방에서 나갔다.

10시가 조금 지난 시각. 아직 졸리지만, 최소한의 잠은 잤겠지.

나는 한 번 더 자는 걸 포기하고 우선 세면실로 향했다.

2인분의 늦은 아침 식사를 차린 뒤 나도 함께 먹었다.

TV를 보자 현재 공개 중인 가족용 영화의 광고가 나오고 있었다.

전 세계에서 메가급으로 흥행한 풀 CG 애니메이션은 어린아이도 즐길 수 있고 어른도 펑펑 운다는 화제작이다. 영화 랭킹에서도 1위를 했다.

"키스미, 한가하지? 이 영화 보러 가자!"

"안 한가해."

"집에서 빈둥거리기만 하면서?"

"방학을 마음껏 만끽하는 중이야."

"뭐가 다른데?"

체력이 넘치는 초등학생은 영문을 알 수 없다는 얼굴로 이쪽을 쳐다봤다.

"알겠니? 에이. 나에게는 지금 요루카라는 연인이 있어. 오늘은 어쩌다 보니 요루카와 일정이 안 맞았으니까 한가해 보이는 것뿐이야."

"에이도 친구랑 파자마 파티 일정 있어! 오늘만 어쩌다 보니 빈 거야."

"나랑 경쟁하지 말라고……."

이래저래 대등해지고 싶을 나이이다.

"요루카가 데이트를 거절해서 집에 있는 거잖아. 그러니까 에이가 같이 놀아줄게."

"기운 없어. 오늘은 덥잖아."

"요루카랑 놀러 갈 때는 쌩쌩하면서."

"그야 연인이랑 데이트하는 것과 동생이랑 놀러 가는 건 다르잖냐."

"영화 보고 싶어! 보고 싶어! 키스미랑 보고 싶어!"

신나게 떼를 부리는 에이.

자주 있는 일이니까 혼낼 생각도 없지만, 조금 더 성숙해졌으면 좋겠다.

"떼쓰지 마. 에이도 놀기만 하지 말고 여름방학 숙제라도 하지 그래?"

여름방학이 시작한 지 일주일. 숙제에 일절 손을 대지 않은 내 사정은 잠시 제쳐둔다.

"숙제라면 이미 끝냈어."

"뭐? 전부? 학습지랑 프린트랑 독서감상문도? 아직 8월도 아닌데."

"응. 남은 건 일기뿐이야."

"그, 그렇구나."

에이는 어린아이같이 굴지만 학업면에서는 요령도 좋아 학교 성적도 좋다.

통지표도 매번 5로 도배되어 있기 때문에 부모님이 아주 기뻐한다.

"키스미는?"

"어?"

"키스미도 여름방학 숙제 끝났으니까 태평한 거지?"

"어, 그게. 나는 문화제 준비로 학교에 가기도 했으니까."

"에이도 학원 다니지만 다 끝냈는걸?"

내 동생은 승산을 잡은 건지 집요하게 노렸다.

"초등학생과 고등학생은 양도 질도 다르거든?"

"에이는 오늘 일기에 **오빠**랑 영화 보러 갔다고 쓰고 싶은데. 종일 빈둥거렸다고 쓰는 건 부끄러운걸."

"내 정보는 필요 없지 않아?"

마음대로 가족의 개인정보를 외부에 유출하지 말아다오.

"엄마에겐 키스미가 성실하게 공부했다고 할 테니까. 응? 부탁해!"

"……알았어, 데려갈게. 대신 어머니의 스파이 노릇은 하지 마."

동생의 협박, 아니, 변칙적인 어리광에 패배한 나는 같이 영화관에 가기로 했다.

스마트폰으로 근처 영화관을 검색한 뒤 상영 시간을 조사했다.

아침 식사의 뒷정리를 마치고 집에서 나가면 딱 적당한 시각의 상영 회차가 있었다.

"그럼 티켓 두 장 뽑는다? 알겠지?"

"오케이! 빨리 가자!"

그렇게 우리는 신주쿠에 있는 영화관까지 원정을 나가

게 되었다.

내 방으로 돌아가 외출용 옷으로 갈아입었다.

창밖에서 여름 햇살이 쨍쨍하게 빛났다. 냉방이 시원한 실내에서 나가려니 약간 고통이다.

모처럼 일정이 없는 날이니까 사실은 집에서 뒹굴거리고 싶었다.

기왕이면 방구석에서 살짝 먼지를 뒤집어쓴 기타 연습을 하는 것도 나쁘지 않다. 재작년에 충동적으로 샀지만, 잊고 살다가 가끔 건드리는 정도. 관심은 있어도 매일 연습할 만큼 열중하지 못했다. 아쉽게도 음악적 재능은 없는 모양이니 잘 치고 싶다면 성실하게 연습할 수밖에 없다.

아니면 책상 위에 쌓인 여름방학 숙제를 처리——하는 건 나중에 해도 되겠지. 여름방학이 시작한 지 아직 일주일. 서두를 시기도 아니다.

"키스미, 아직이야? 빨리 가자!"

동생의 재촉에 나는 방에서 나왔다.

집에서 가까운 역까지 걸어간 뒤 전철을 타고 신주쿠역으로 이동.

역사에서 나오자 맹렬한 더위에도 불구하고 수많은 사람이 돌아다니고 있었다. 지글지글 타오르는 햇살, 아스팔트에서 방출하는 가혹한 방사열. 뜨거운 공기를 가르듯이 걸어가는 감각은 딱 도시의 여름이다. 알고는 있었지만 역시 덥다.

에이가 이리저리 시선을 빼앗기다가 미아가 되지 않도록, 만약을 위해 영화관까지 손을 잡고 걸었다.

간신히 영화관이 들어가자 냉방이 시원하게 돌아가고 있어 한숨 돌렸다.

사전에 인터넷에서 산 티켓을 발권. 여름방학을 맞은 학생이기 때문에 평일 낮에도 관람할 수 있다는 점에서 조금 우월감을 느꼈다. 좌석도 운 좋게 극장 중앙을 잡을 수 있었다.

먼저 화장실에 들어갔다 나온 뒤 둘이 먹을 음료와 팝콘을 사서 상영관으로 향했다.

옆자리에 나란히 착석.

천장까지 닿는 스크린에는 현재 광고와 주의 환기 영상이 나오고 있다.

"키스미, 영화가 시작하기 전에 스마트폰 전원 꼭 꺼 놔야 해."

"알아. 근데 요루카에게 연락만 하고."

"요루카랑 진짜 사이좋구나."

"뭐, 그렇지."

나는 상영관이 어두워지기 전에 요루카에게 재빨리 메시지를 보냈다.

키스미 : 동생과 영화관에 왔어.

지금부터 두 시간 정도 답장 못 하니까 양해해 줘.

연인의 연락에는 최대한 바로 대답한다.

바로 반응하기 어렵다는 걸 미리 알고 있을 때는 사전에 연락한다.

이제는 그것이 세나 키스미의 흔들림 없는 철칙이 되었다.

꼭 연락하지 못했을 때 트러블이 발생했던 1학기를 겪은 나는 진심으로 신물이 났다.

절절히 반성한 뒤 아무튼 메시지만은 바로 확인하기로 결심했다.

요루카 : 어젯밤은 늦게까지 고마워. 영화 보면서 자지 마.

내가 전원을 끄기 전에 도착한 답장에 절로 미소가 지어졌다.

"키스미, 금방 시작해."

상영관의 불이 꺼지고, 옆자리의 에이는 기대가 너무 부풀어서 안달이 난 모양이었다.

"아직 예고편도 있으니까 진정해. 시작한 뒤에는 조용히 하고."

"넵."

그리고 영화가 시작한다.

약 2시간에 걸쳐 철저하게 계산된 극상의 엔터테인먼트.

기대 이상의 이야기에 나는 마지막 클라이맥스에서 본의 아니게 울어버렸을 정도다.

엔딩롤이 흐르기 시작하고 상영관이 밝아지기 전에는

눈물의 흔적을 지웠다.

하지만 내 눈물을 눈치채고 있던 에이는 '키스미, 고등학생인데 울었어!'라며 아주 신이 나서 놀려댔다.

영화관에서 나오자 아직 밖은 더웠다.

건물 옥상에서 얼굴을 내민 고질라의 배웅을 받으며 우리는 신주쿠의 길거리를 어슬렁거리기로 했다.

게임센터에 들러 UFO 캐처에서 돈을 좀 날렸지만, 에이가 갖고 싶어 하던 인형은 무사히 뽑았다. 그 후 대형서점과 의류점을 몇 군데 둘러보는 사이에 날이 많이 저물었다. 집에 돌아간 뒤에 저녁을 차리는 것도 귀찮아서 멍하니 이대로 외식할까 생각하고 있을 때, 스마트폰의 착신음이 울렸다.

상대방은 요루카였다.

"타이밍이 아주 좋은데. 에이, 잠깐 요루카의 전화 좀 받을게."

"요루카?! 에이도 대화하고 싶어!"

"얌전히 있어."

신나게 놀아서 기운이 넘치는 에이가 나에게 달라붙는 걸 무시하며 전화를 받았다.

"여보세요, 요루카?"

요루카는 다급한 목소리로 인사도 날려 먹고 바로 용건을 던졌다.

『키스미, 도와줘. 오늘 저녁 같이 먹자.』

목소리를 억누르면서도 아주 당황했다는 게 전해졌다.

"왜 그래? 요루카. 무슨 문제라도 생겼어?"

『문제라고 하면 문제인데. 아무튼 와 줘. 지금 어디야?』

"신주쿠. 나는 괜찮지만, 에이랑 같이 나와서 지금 당장 그쪽으로 가는 건 어려워."

나 혼자라면 주저 없이 달려갔을 것이다.

하지만 무언가 문제가 있는 듯한 자리에 초등학생인 에이를 데려가는 건 껄끄러웠다.

초등학생에게 혼자 전철을 타고 돌아가라고 할 수도 없다.

그렇다고 연인의 위기를 모르는체할 만큼 매정한 남자도 아니다. 달려간다고 해도 에이를 일단 집에 바래다준 뒤이다.

『오히려 에이도 같이 와! 우리도 지금 신주쿠야! 밥도 언니가 사준다고 했으니까 괜찮아!』

"……저기, 아리아 씨와 싸웠다거나 하는 건 아닌 거지?"

요루카답지 않은 적극적인 권유에 나는 고개를 갸웃거리면서도 만약을 위해 확인했다.

『? 언니하고는 평소랑 똑같아. 그런 게 아니라, 한 명 더 있어. 그 사람과 만나는 게 그, 좀 불편하거든. 그래서 키스미도 같이 있어 주면 좋겠어서…….』

전화 너머의 요루카는 갑자기 기세가 약해졌다.

그 목소리를 봐도 진심으로 난감해한다는 건 틀림없다. 그렇게 만나고 싶지 않은 상대인 건가?

아리아 씨와도 면식이 있고, 요루카가 거북해하는 사람.

"——칸자키 선생님이 오는 거야?"

『어떻게 알았어?』

"그야 요루카에 대한 일이라면 다 알지. 연인이니까."

『응. 역시 키스미야. 나에 대해 잘 아네!』

내가 한 방에 알아맞힌 게 기쁜 건지 요루카는 뿌듯해했다.

"하지만 요루카. 기말고사 끝나고 다도부 부실에 갔을 때, 제대로 칸자키 선생님이라고 불렀잖아? 나는 영락없이 화해한 줄 알았는데."

그전까지 요루카는 칸자키 선생님을 천적으로 대하면서 제대로 부르지 않았다.

『그, 그야 오해나 앙금은 일단락되었지. 그렇다고 갑자기 친해질 수도 없잖아! 나는 아직 낯을 가린단 말이야.』

요루카의 주장은 타당했다.

오해가 해소되었다고 해서 거북한 감각도 바로 사라지는 건 아니다.

애초에 내 연인인 아리사카 요루카는 학교 최고의 미소녀이자 상당한 대인기피증이 있다.

나와 사귀는 걸 계기로 요루카도 인간관계가 넓어지고 친구라 부르며 믿을 수 있는 상대도 늘어났다.

하지만 하루아침에 대인관계 능력이 향상된다면 고생할 일도 없다.

무슨 일이든 조급해하지 말고, 두려워하지 말고 익숙해지는 것이 성장의 지름길이다.

"에이에게도 전화 바꿔줘! 요루카랑 대화할래!"

옆에서 에이가 폴짝폴짝 뛰며 계속 졸라댔다.

『연인이고 학급 임원이잖아. 나와 담임 사이의 교두보가 되어줘.』

직설적으로 기대는 요루카의 목소리. 등이 오싹해졌다.

여름방학으로 완전히 들떠 있었지만, 처음 내가 학급 임원으로서 칸자키 선생님에게 부탁받은 건 요루카의 보조이다. '아리사카 학생의 교우 관계를 더 넓혀달라'는 선생님의 부탁을 어느 정도는 달성했기 때문에 반쯤 잊고 있었다.

하지만 역시 요루카는 요루카다.

가을에는 문화제도 있고, 앞으로 세나회 같은 친구 그룹 말고도 교류도 늘어날 것이다.

나도 올해 문화제엔 요루카가 어떠한 형태로든 참가하길 바라고 있다.

"키스미이이이."

아, 지금이 교두보의 실력을 보여줄 타이밍이라는 건가.

우선은 담임선생님과의 거리를 조금 더 줄여놓자.

나는 계책을 하나 짜내기로 했다.

"요루카. 에이가 대화하고 싶다고 하니까 전화 바꿀게.

저녁은 에이가 허락하면 이대로 바로 합류하고.”

『알았어.』

내가 스마트폰을 에이에게 내밀자, 기다렸다는 듯 낚아
챘다.

“여보세요, 요루카? 에이야!”

즐겁게 대화하는 에이를 잠시 바라보자,

“요루카랑 같이 밥 먹고 싶은데 가도 돼?”

동생은 기대하는 눈빛으로 이쪽을 바라보았다.

내가 손가락으로 OK 마크를 그리자 에이는 힘차게 ‘갈
래!’ 하고 대답했다.

“설마 비어 가든일 줄이야…….”

저녁 식사 장소로 지정된 곳은 백화점 옥상이었다. 옥상
에 설치된 비어 가든은 도시의 저녁놀 아래에서 퇴근길에
온 회사원과 대학생과 가족 일행으로 북적북적했다.

오늘은 특히 더웠기 때문에 해 질 녘과 함께 산책하러
나온 모양이었다.

“키스미! 옥상에서 축제하는 거야?”

옛날에 부모님의 손을 잡고 비어 가든에서 식사한 적이
있긴 하지만, 에이는 너무 어릴 때라 기억나지 않는 듯했
다. 사실상 처음 오는 비어 가든에 흥분한 기색이다.

듣고 보니 야외에서 어른들이 열기와 술에 취해 붉어진 얼굴로 이런저런 먹거리를 즐기는 분위기는 여름 축제와 비슷했다.

"축제는 아니지만, 오늘은 밖에서 먹을 거야."

"재밌겠다!"

입구의 접수대에서 아리사카 이름으로 예약했다는 이야기를 전하자 테이블로 안내해주었다.

"다들 진짜 모여있네."

그곳에는 내 연인인 요루카, 언니 아리아 씨, 그리고 담임인 칸자키 선생님이 이미 앉아있었다.

막상 이 세 사람이 모인 광경을 보자 나는 이상한 쓴웃음이 나왔다.

각자 복잡하면서도 깊게 엮여있지만, 실제로 세 명이 모두 모인 상황을 마주치는 건 나도 처음이었다.

세 사람은 내가 데려온 에이에게 관심을 보였다.

"키스미, 와 줘서 고마워. 에이도 안녕."

요루카는 우리가 도착하자 안도했다.

"와. 스미의 동생 귀엽다!! 스미도 이런 여동생을 위해서라면 열심히 수험 공부할 만도 하네. 애야, 이리 와. 언니 옆에 앉으렴!"

아리아 씨는 유독 신이 난 상태였다.

그쪽을 보니 먼저 주문한 맥주잔이 이미 거의 비어 있었다.

약 반년 만에 재회한 아리아 씨의 태도는 여느 때와 똑

같아 보였다.

중학생 때 다녔던 학원에서 강사 아르바이트를 하던 아리아 씨는 나를 에이세이 고등학교에 합격시켜준 은인이다.

처음 아리사카가(家)에 갔을 때 연인의 언니로서 재회.

그 후 아리아 씨의 제안을 받아 담임인 칸자키 선생님의 맞선을 저지하기 위해 내가 가짜 남자친구 역할을 받아들이게 되었다. 아리아 씨는 요루카 이상으로 압도적인 영향력을 지닌 사람이라서 다양한 의미로 인간관계를 휘저어 놨다.

"아리아, 갑자기 너무 적극적입니다. 세나 학생의 동생도 무서워하잖아요. 조금은 진정하세요."

내 담임인 검은 머리카락의 요조숙녀 칸자키 시즈루 선생님은 마찬가지로 옛 제자인 아리아 씨를 살며시 타일렀다. 아리아 씨가 졸업한 뒤에도 두 사람은 친구로서 교류하고 있다.

"키스미의 동생인 세나 에이입니다. 처음 뵙겠습니다. 안녕하세요!"

내가 재촉하자 솔선해서 명랑하게 인사하는 내 동생.

아리아 씨와 칸자키 선생님이라는, 주눅이 들 만큼 아름다운 미녀 콤비와 처음 만났는데도 일절 긴장하지 않는 건에이가 단순히 어린아이이기 때문인 걸까. 아니면 대범한 성격이기 때문인 걸까.

어쨌거나 오빠로서는 에이가 이 사교성을 앞으로도 고

이 간직했으면 좋겠다.

세 사람 다 에이에게 훈훈한 시선을 보내며 환영했다.

내가 요루카의 옆자리에, 에이는 아리아 씨가 부르는 대로 아리아 씨와 칸자키 선생님 사이에 앉았다.

"난감했던 것 같은데, 요루카."

"이런 삼자대면 같은 상황을 즐길 수 있을 리가."

나와 요루카는 얼굴을 가까이 들이댄 뒤 목소리를 죽이고 대화를 나눴다.

분명 불편한 자리였을 요루카는 테이블 아래로 몰래 내 손을 붙잡았다.

"뭐 어때. 이걸 계기로 선생님과 친목을 다져."

"학교 밖에서 담임과 만나고 싶지 않거든. 게다가 키스미도 만나고 싶었고."

"마지막 말이 진심이라면 연인으로서 기쁘겠는데."

"당연히 진심이지. 오늘은 같이 놀러 가지 못해서 미안해."

"괜찮아. 나도 에이와 외출하는 건 오랜만이었거든."

"영화 재미있었어?"

"운 걸 들켜서 에이가 놀렸어."

"재미있었다니 다행이다."

"요루카는?"

"응, 이번 여행에 쓸 것도 포함해서 쇼핑."

"요루카는 늘 패션이 좋잖아. 특히 그 목걸이가 멋져. 아주 잘 어울려."

나는 요루카의 목에서 빛나는 심플한 은색 목걸이의 존재를 놓치지 않았다.

가느다란 체인에 작지만 예쁜 돌이 박힌 펜던트. 그 자연스러우면서도 기품 있는 디자인은 어른스러운 요루카에게 잘 어울렸다.

"──. 특별한 사람이 선물해준 거니까."

"그렇구나. 그 남자 센스가 참 좋은데?"

"키스미가 준 거잖아. 나에게는 부적 같은 거야."

내 연인은 가녀린 손가락으로 펜던트를 살며시 어루만졌다.

그 말에 내가 감동하고 있을 때 불현듯 시선을 느꼈다.

아리아 씨와 칸자키 선생님이 우리를 보고 있었다.

에이도 테이블 밑을 들여다보던 고개를 들어 올렸다.

"……키스미랑 요루카 붙어있어. 손잡았어."

"아니야, 에이! 이건 그게."

"그런 괜한 말은 안 해도 돼!"

에이의 지적을 받은 나와 요루카는 허둥지둥 손을 놓았다.

"키스미도 마실 거 정해. 에이는 오렌지주스."

"콜라!"

나는 메뉴도 보지 않고 즉답했다.

"여름이라 들뜬 것은 괜찮지만, 그런 건 보는 눈이 없는 곳에서 하세요."

칸자키 선생님은 어딘가 부끄러운 듯 쓴소리를 한 뒤 점원을 부르기 위해 손을 들었다.

"도착하자마자 둘만의 세계에 들어가다니. 그보다 스미, 왜 이렇게 늦었어? 우리는 아까부터 계속 헌팅 시도가 들어와서 고생했다고."

아리아 씨가 입술을 삐죽였다.

"그랬군요. 미인을 기다리게 해서 죄송합니다."

"……어머나, 유난히 순순하네."

아리아 씨는 탐색하듯 눈을 가늘게 떴다.

"그야 미녀가 모인 최고의 자리에 앉아있다는 자각은 있거든요."

이런 수려한 여성이 모여있으니, 주변의 남성이 내버려 둘 리가 없다.

제정신일 때는 허들이 높은 미녀 그룹이지만, 여름의 열기와 해방감에 더해 술의 힘을 빌려서 말을 거는 놈들도 많은 모양이다.

남자인 내가 있다는 걸로 모기향 정도의 효과는 내는 듯하니 다행이다.

"──, 스미의 반응이 너무 평범해서 재미없어."

멋대로 김이 샌 아리아 씨가 어째서인지 볼멘소리를 냈다.

"아무리 저라도 익숙해지거든요."

미인은 사흘이면 질린다는 통설은 틀림없는 거짓말이다.

하지만 얼굴을 맞대고 대화를 거듭하는 사이에 친해지면 적응하기도 한다.

"배부른 소리. 이제 스미에겐 신경 안 써줘."

"오히려 더 신경 써 주세요. 놀라는 쪽도 고생이거든요."

내 거짓 없는 본심에 요루카와 칸자키 선생님도 동의하듯 고개를 끄덕였다.

"뭐야. 나는 스미니까 편하게 대하는 거라고."

"언니. 너무 키스미를 데리고 놀지 마. ──화낸다?"

요루카는 즉시 박력이 넘치는 미소를 지으며 언니를 협박했다.

"어이쿠, 요루. 귀여운 미소가 지금은 무서워. 딱히 이상한 짓은 안 하거든?"

"언니는 방심할 수 없으니까."

"걱정하지 않아도 동생인 요루가 제일 소중해."

"진짜?"

요루카는 언니에게 의심이 덕지덕지 묻은 시선을 보냈다.

"좀! 믿어줘! 나는 요루를 사랑하는 언니라고!"

"그럼 믿을게."

"착해라! 나도 사랑해!"

아리아 씨는 남아있던 맥주잔을 단숨에 비웠다.

"하아, 역시 여름은 맥주가 맛있어. 특히 야외면 최고야."

점원에게 나와 에이가 마실 음료, 아리아 씨의 맥주를 주문했다.

"선생님도 갑자기 불려오신 거예요?"

나는 칸자키 시즈루 선생님에게 물었다.

"일하던 도중에 아리아에게 연락이 왔습니다. 저녁을 같이 먹지 않겠냐면서요."

비어 가든이라는 떠들썩한 장소에서도 곧은 자세로 의자에 앉은 칸자키 선생님은 여느 때와 같은 침착한 태도였다.

"두 분은 비어 가든에 자주 오세요?"

"여름엔 아리아의 취향에 따라 밖에서 식사할 수 있는 오픈 테라스 가게에 가는 일이 많습니다. 오늘도 아리아가 예약한 곳인데, 저는 영락없이 아리아 혼자 있는 줄 알았는데요……."

"또 서프라이즈군요."

내가 맞히자 칸자키 선생님은 면목 없다는 표정을 지었다.

"교사로서는 그리 바람직한 상황이라 할 수 없습니다. 미성년자가 셋, 심지어 세나 학생의 여동생도 있다는 걸 알았다면 비어 가든은 결사반대했죠. 죄송합니다."

"에이, 너무 고지식한 소리 하지 마. 오늘은 자유를 즐기자고. 1학기 수고했다 겸 지난번 일은 용서해달라는 자리야!"

"'''은근슬쩍 넘기려고 하지 마!'''"

아리아 씨를 제외한 세 명은 결코 흘려듣지 않았다.

"전 가짜 남자친구 때문에 기말고사가 위태로웠다고요!"

"나도 상당한 스트레스였어!"

"설마 뒤에서 부모님께 정보를 흘리고 있었다니……."

각양각색으로 쌓아두었던 불만을 이때라며 토해냈다.

칸자키 선생님은 부모님이 권하는 맞선을 거절하기 위

해 전부터 아리아 씨에게 상담했었다. 그 구체적인 방법으로 아리아 씨가 제안한 것이 나를 가짜 남자친구로 내세워 선생님의 부모님에게 소개한다는, 상당히 엉뚱한 작전이었다.

7월 초, 작전 당일에는 뜻밖의 사태가 일어났지만 선생님은 무사히 맞선 회피에 성공.

요루카와 아리아 씨도 첫 자매싸움을 겪고 오랜 세월에 걸친 응어리를 해소했다는 **모양이다.**

참고로 왜 추측형이냐면, 내가 아무리 물어봐도 요루카는 구체적으로 왜 싸운 건지 완강하게 가르쳐주지 않았기 때문이다.

『자매만의 비밀이 있어! 아무리 연인인 키스미라고 해도 말 못 해!』

유난히 민감하게 반응하기에, 나는 그 이상 추궁하지 않았다.

사람은 누구나 비밀이 있기 마련이라고 봐야지.

문제의 맞선은 해결했지만, 우리도 칸자키 선생님도 바로 기말고사 기간에 들어가 바빴다.

그 때문에 마음대로 암약했던 아리아 씨의 반성회는 뒤로 미뤄졌다.

"뭐, 나에게 불평하든 여행 회의를 하든 구실은 뭐든 괜찮아. 이렇게 만나는 게 가장 큰 목적이니까."

아리아 씨가 그럴싸한 말을 늘어놓은 타이밍에 주문한

요리와 음료가 나왔다.

샐러드, 카르파쵸, 로스트비프, 닭튀김, 감자튀김, 풋콩 등 비어 가든다운 메뉴가 테이블을 가득 채웠다.

"자, 그럼 스미와 스미 동생도 왔으니까 다시 건배~!!"

아리아 씨의 선창에 맞춰 잔을 맞댔다.

"왜 결국 아리아 씨가 주도하는 거지?"

"언니, 평소보다 명백하게 들떴어."

요루카의 지적대로 내가 봐도 아리아 씨는 아주 신이 난 상태였다.

계속 옆에 앉은 에이를 귀여워했고, 에이도 무척 잘 따랐다.

비어 가든이라는 자리의 비일상 분위기도 마음껏 즐기는 모양으로, 맛있다는 듯 요리를 먹었다.

아리아 씨도 두 잔째의 맥주를 비운 뒤 바로 한 잔 더 주문했다.

저렇게 흥겨워할 만큼 기쁜 일이 있었던 걸까.

"아리아. 적당히 드세요. 여기는 저의 집이 아닙니다."

"시즈루야말로 오늘은 유난히 천천히 마시는데? 어디 아파?"

"……술에 질렸습니다. 당분간은 자제할 생각이니 저는 신경 쓰지 마시길."

칸자키 선생님의 맥주잔을 보자 거의 입을 대지 않았다.

"아, 시즈루의 집에서 스미에게 보여준 걸 신경 쓰고 있구나?"

"아리아!"

칸자키 선생님이 테이블을 쾅 때리며 분노했다.

아마도 선생님의 집에서 작전 회의를 한 다음 날 아침 일을 말하는 모양이다. 숙취를 앓는 듯하던 선생님은 내가 거실에서 자고 있다는 걸 눈치채지 못하고 목욕한 뒤 목욕 수건 한 장만 몸에 감고 나왔다. 그 상태로 나와 마주친 데다, 심지어 놀라는 바람에 목욕수건이 미끄러지고 말았다.

근데 선생님. 그 반응은 악수입니다.

아리아 씨는 깜빡 말실수를 했다는 걸 깨닫고 '아차.' 하는 표정을 지었다.

"잠깐, 키스미가 뭘 본 건데? 설명해!"

요루카는 자신이 모르는 곳에서 일어난 해프닝의 기척을 민감하게 감지했다.

"아리아 씨, 도와주세요!"

"아니, 나도 자다 깨서 기억 안 나는데."

"거짓말!"

"이거 맛있다."

배가 고팠던 에이는 오빠의 위기보다 요리에 빠져있었다.

선생님 집에서 일어난 일은 사고임을 필사적으로 호소하여 간신히 요루카의 분노를 잠재웠다.

"키스미는 주변에 있는 여자와 너무 많은 일이 일어나. 역 앞에서 언니를 안은 것도 그렇고."

하지만 요루카는 은근히 기분이 덜 풀린 모습이었다.

요루카의 날카로운 시선을 받으면서도 아리아 씨는 눈치채지 못한척했다.

칸자키 선생님은 자신의 경솔함에 아직 위축되어 있다.

"워워. 시즈루도 너무 신경 쓰는 건 몸에 안 좋아."

"모처럼 잊으려 하고 있었는데……."

"애초에 그날 일은 시즈루가 과음한 게 원인이잖아."

칸자키 선생님이 원망하는 눈으로 아리아 씨를 쳐다봤지만, 사실을 지적당하자 침묵했다.

아리아 씨와 선생님의 친근한 대화를 바라보며 나는 피식 웃음을 흘렸다.

"두 분은 변함없이 사이가 좋아 보여서 안심했어요."

"결과적으로 맞선은 회피했으니까요. 어디까지나 결과적으로 그렇다는 이야기입니다만!"

칸자키 선생님의 표정은 바뀌지 않으나 말에선 분노의 잔불이 느껴졌다.

"그래. 결과가 좋으면 다 좋은 거야. 고마워하라고."

기분이 좋아 보이는 아리아 씨가 또 쓸데없는 한마디를 던졌다.

"——제가 고마워하는 대상은 학생들입니다. 아리아는 덤이에요."

이 이상의 헛소리는 용서하지 않겠다며 노려보자 그 아리아 씨도 쓴웃음을 지었다.

"그렇게 잔인한 소리 하지 마. 여행에선 제대로 안전하게 운전해줄 테니까."

"언니. 조금 전부터 신경 쓰였는데, 왜 언니가 여행 이야기를 하는 거야?"

요루카가 의아한 듯 물었다. 나도 그 점이 걸렸다.

맞선 회피를 도와준 보답으로 나와 요루카를 포함한 세 나회라는 이름의 친구 그룹은 칸자키 선생님의 본가가 소유한 별장에 초대받았다.

마치 아리아 씨도 그 여행에 같이 가는 것 같은…….

"……아리아. 당신 설마 **또** 설명하지 않은 겁니까?"

나와 요루카의 반응에 칸자키 선생님은 상황을 알아차리고 황당해했다.

"후후후, 그것이야말로 이번의 진정한 서프라이즈!"

아리아 씨는 대성공이라는 양 만족스럽게 웃었다.

"그렇다면 설마?!"

"응. 나도 갈 거야."

"진짜요?"

나는 아리아 씨의 호쾌한 근정에 다소 놀라기는 했으나, 바로 수긍했다.

나도 참, 많이 익숙해졌구나.

"처음에 여행지를 시즈루네 별장으로 제안한 것도 나잖아."

그러고 보면 칸자키 선생님의 부모님을 만나기 전, 호텔 로비에서 그런 이야기를 했었다.

"발언자로서 제대로 책임을 져야지."

갈 마음으로 넘쳐나는 아리아 씨.

"그 성실한 태도가 반대로 불안한데요."

"스미, 의심이 과하구나."

아리사카 아리아의 무시무시한 특기는 그저 대화하고 있을 뿐이었는데 어느새 그녀에게 등을 떠밀린 것처럼 의도대로 행동하게 된다는 점이다.

아리아 씨의 마음가짐 하나로 즐거운 여름 여행이 터무니없는 전개로 번지지 않는다는 보장이 없다.

어라. 갑자기 여행 가기 무서워졌어.

"다른 애들이 어떻게 생각할지……."

"나는 신경 안 쓰니까 괜찮아."

아리아 씨 걱정은 안 했는데!! 이러니까 자신감과 행동력으로 넘쳐나는 사람은!!

"어, 언니도 정말 같이 가는 거야?"

요루카도 청천벽력이라는 듯 전율했다.

"당연하잖아. 지난번 일을 사과하게 해줘."

칸자키 선생님의 가짜 남자친구도 그렇고, 엉뚱한 일을 계획하곤 하는 아리아 씨이니 나도 요루카도 막연한 경계심이 들었다.

보다 못한 칸자키 선생님이 도와주듯 끼어들었다.

"한 대의 차에 전원이 탈 수 없으니, 운전기사가 한 명 더 필요합니다."

"아리아 씨, 자동차 운전하실 수 있어요?"

"너무하네. 면허 정도는 제대로 땄거든!"

내 반응이 어지간히 마음에 안 들었는지, 아리아 씨는 핸드백을 뒤져 굳이 운전면허증을 내 앞에 들이밀었다.

"……위조는 아닌 것 같네요."

운전면허증 사진은 못생기게 찍히곤 한다는 말을 들었는데 아리아 씨는 미인으로 잘 찍힌 걸 보면 역시 대단하다.

"키스미, 다 같이 여행 가는 거야?"

화제에서 소외되었던 에이가 문득 물어보았다.

"그래. 내 친구들이랑."

"치사해! 에이도 같이 갈래!"

에이는 떼를 쓰기 시작했다.

"또 억지 부리고."

"에이도 여행 가고 싶어! 키스미 친구들이랑도 놀고 싶어!"

세나회 멤버가 우리 집에 모였을 때, 다들 에이를 아주 귀여워해 주었다. 덕분에 완전히 친구처럼 생각하게 된 에이는 자기만 따돌림당하는 게 마음에 안 드는 모양이었다.

"키스미, 어떻게 할래?"

"모처럼 가는 거니까 동생도 데려가자. 응? 시즈루."

"방은 넉넉하니 문제없습니다만……."

나 말고 다른 셋은 에이의 참가를 긍정적으로 받아들였다.

"응? 가도 되지? 키스미!"

조르는 동생을 향해 나는 가혹한 현실을 들이밀었다.

"에이. 우리가 여행가는 날 너는 친구네 집에 가서 자기로 했잖아."

내 지적에 에이는 순간 퍼뜩 놀란 표정을 지었다.

"끄응. 그치만 역시 요루카 친구들이랑도 놀고 싶어!"

아직 포기하지 못하는 초등학생. 그렇게 자기 오빠의 친구와 같이 놀고 싶은가?

"하지만……."

"으으음, 그럼 축제는? 신사에서 하는 거. 올해는 키스미하고만 가는 게 아니라 다 같이 가자!"

그건 매년 내가 에이를 데려가는 여름 축제를 말한다.

"아아. 학교 근처 신사에서 매년 열리는 여름 축제 이야기인가요."

"추억이네. 나도 문화제 준비하고 돌아가는 길에 학생회에서 다 같이 갔었어. 그런 축제는 처음이라 재미있었지."

칸자키 선생님도 졸업생인 아리아 씨도 알고 있었다.

"키스미. 그런 거라면 세나회에도 이야기하면 모이지 않을까? 나도 가 보고 싶어."

요루카도 적극적이다.

"상관없지만, 어마어마하게 북적거릴 거야. 괜찮아?"

"키스미가 지켜줄 거잖아."

사랑하는 연인이 당연하다는 양 하는 말에 내가 거절할

리가 없다.

연인이 있는 여름방학이 얼마나 특별한지 절절히 깨달았다.

매년 겪던 여름 이벤트가 연인과 같이 간다는 것만으로도 완전히 다른 것으로 바뀐다.

지금 이렇게 요루카라는 소중한 연인과 함께 보내서 다행이다.

내년에는 대학 수험이 기다리고 있으니, 편하게 놀 수 있는 건 올해가 마지막이다.

그렇기에 나는 후회가 남지 않는 여름방학을 보내고 싶다.

"키스미. 내일 밤에 우리 집에 안 올래?"

그 제안을 들은 것은 여느 때처럼 미술 준비실에서 그녀가 직접 만든 도시락을 먹고 있을 때였다.

여름방학 도중이지만 학급 임원인 나는 문화제 실행위원회 회의에 출석하기 위해 등교했다. 요루카는 그런 나에게 맞춰서 일부러 도시락을 싸 학교에 와 주었다.

평소와 마찬가지로 교복을 입고 점심을 먹으며 난데없이 숙박 권유를 받았다고 해도 나는 당황하지 않는다.

연인에게 대담한 제안을 받아도 전혀 동요하지 않는 냉철한 태도로 일관했다.

나와 요루카가 사귀기 시작한 지 어느새 약 넉 달. 여러 번의 데이트를 거치고, 얼마 전엔 마침내 염원하던 첫 키스도 했다.

커다란 스텝 업을 이룬 현재, 그 부끄러움 많은 요루카가 나보다 더 깊은 전개를 원한다고 해도 놀라지 않는다.

키스를 마친 나는 무적이다.

오히려 대환영이다.

…………거짓말이다. 너무 갑작스러운 전개라서 솔직히 못 따라가고 있다.

이렇게 착착 넘어가도 괜찮은 건가? 너무 원만하게 흘러

가서 반대로 불안해진다.

요루카에게 고백했을 때는 봄방학 내내 답을 기다렸다.

그런 식으로 안달이 나는 것보다 훨씬 나은 상황인데도, 막상 롤러코스터 급의 하이스피드로 진도를 나가려니 반대로 걱정이 되었다.

내가 생각하기에도 참으로 소심하다.

하지만 그건 요루카가 세상에서 제일 소중하기 때문이다.

소중하기 때문에 신중해진다. 섣불리 서두를 필요는 없다.

——하지만.

"기뻐. 당연히 갈게!"

진심으로 기쁜 건 확실하다.

대전제로서 '거절'이라는 단어가 존재하지 않는 나는 연인의 권유에는 당연히 YES밖에 모른다.

여기서 움츠러들면 망신이다.

모처럼 찾아온 기회를 날려 먹을쏘냐.

"즉답이네."

"내가 요루카의 권유를 거절한 적이 있어?"

"없지만, 조금 열정적이라서."

요루카는 살짝 쓴웃음을 지었다.

"그럼 OK인 걸로……. 그, 키스미를 집에 부른 건——."

"아니, 다 말할 필요 없어. 아니까."

요루카가 새삼 긴장한 태도로 꺼내려는 말을 일부러 가로막았다.

하나부터 열까지 말하게 할 만큼 촌스러운 짓은 하지 않는다.

어른이라면 행간이나 분위기로 알아차리는 법이다.

"내가 하고 싶은 말을 알다니, 대단한데."

요루카는 진심으로 놀란 모습이었다.

"연인이니까. 당연하지."

"든든하네."

"맡겨줘."

나는 짧게 대답했다.

자칫 말을 길게 늘이면 흥분과 긴장을 채 억누르지 못할 것 같았다.

자꾸만 올라가는 입꼬리를 필사적으로 관리했지만, 심장은 폭주 상태다. 갈비뼈를 안쪽에서 부러트리고 튀어나올 듯한 기세로 쿵쾅쿵쾅 뛰고 있다.

"? 그래. 그럼 저녁 차려놓고 기다릴게."

요루카는 나와 다르게 참으로 침착했다.

자기가 먼저 권한 것이니 이래저래 마음의 준비가 된 모양이었다.

그렇다면 나도 부끄러운 모습을 보일 수는 없지.

"어."

"……키스미, 갑자기 땀을 흘리는 것 같은데? 냉방 온도 내릴까?"

"어."

"키스미?"

"어."

괜한 소리는 하지 않는다. 아니, 말을 할 수 없다.

죽도록 기뻐하는 나와 겁쟁이가 되려는 내가 마구 날뛰며 머릿속이 축제 상태다.

"열이라도 나?"

자리에서 일어난 요루카가 내 정면에 서서 이마에 손을 짚었다.

"얼굴은 뜨겁지만 열이 난다고 할 정도는 아닌가."

내 눈앞에는 또래 여자아이치고는 상당히 커다란 요루카의 흉부가 있었다.

교복 셔츠의 가슴께에 달린 단추가 자칫 튀어 나갈 듯한 상태다.

크다. 굉장히 크다.

요루카 옆에서 불현듯 위팔이 닿거나 할 때마다 두근거린다.

껴안을 때 밀착하는 그 압도적인 볼륨감을 매번 은밀히 의식하게 된다.

교복도 얇은 여름옷이 되었기 때문에 그 존재감은 한층 더 커진다.

저 사이즈를 만진다면 어떤 느낌일까.

나는 침을 꿀꺽 삼켰다.

"뭐야. 눈빛이 무서워."

어지간히 노골적으로 쳐다봤던 모양이다. 요루카가 자신의 가슴께를 가렸다.

아차. 그렇고 그런 전개가 드디어 현실로 다가오자 평소엔 숨겨두었던 본성이 폭주할 것 같다. 진정하자. 이성적인 신사로 돌아오는 거야.

여름의 마물, 에로스에 지지 말자. 세나 키스미.

"잠깐 시선을 빼앗겼어."

"사고인 것처럼 말하지 마. 변태."

"어쩔 수 없잖아! 좋아하니까!"

"뻔뻔해지다니."

"다른 여자를 쳐다보는 것보단 낫지 않아?"

"그럼 눈을 찌를 거야. 양쪽 다."

"두 개밖에 없는 귀한 눈알이!"

요루카는 진지한 얼굴로 무시무시한 소리를 했다.

나는 절절히 애정을 연설하여 요루카의 심기를 달랬다.

아무튼, 숙박이다.

캘린더의 일정이 차는 건 좋은 일이다.

다음 날 밤. 나는 온갖 대비를 마친 후 아리사카가로 출격했다.

"그때는 죄송했습니다."

아리사카가에 도착하자마자 기다리고 있던 건 요루카의 언니인 아리아 씨의 정좌를 추가한 사죄였다.

늘 자신만만하게 웃는 아리아 씨의 모습에서는 상상할 수 없을 만큼 얌전한 태도에 나는 대체 무슨 일인지 혼란스러워졌다.

"……저기, 이건 무슨 일이야?"

나는 터질 듯이 부풀어 오른 배낭을 내리고 요루카에게 물었다.

"가짜 남자친구 건으로 가장 폐를 끼쳤던 키스미에게는 제대로 사과하게 해야 할 것 같아서."

"아, 그래서 아리아 씨가 있는 거구나."

나는 그제야 이해했다.

"왜 의외라는 표정인 건데? 알고 온 거 아니었어? 지난번 비어 가든에서 만났다고 어영부영 끝내는 건 말이 안 되잖아."

"아하, 그렇구나. 성실한 자세네."

내 안에선 완전히 끝난 일이었기 때문에 솔직히 새삼스럽다는 느낌이었다.

"뭐야, 키스미. 눈 피하지 마. 뭔가 다른 생각 한 거지?"

요루카는 내 얼굴을 두 손으로 붙잡고 억지로 마주 보게 했다.

"아니, 영락없이 요루카와 단둘이 있을 줄 알았거든. 아하하."

아무래도 내 착각이었던 모양이다.

생각해 보면 요루카는 단둘이 있을 거라는 말은 하지 않았다.

영락없이 지난번과 같은 패턴으로 권유한 거라고 멋대로 기대에 부풀었다.

우와, 창피해.

한 번도 의심하지 않았다니. 나는 얼마나 기뻐하고 신이 났던 건지.

"나는 그냥, 언니와 키스미를 제대로 화해시키려고……."

얼마나 언니를 위하는 거야! 착한 아이잖아!

역시 오랫동안 언니를 너무 동경해서 신나게 꼬여버렸던 시스터 콤플렉스답다.

뭐, 그런 요루카의 순수한 점을 좋아하지만.

나는 어제부터 불 질러놨던 욕정의 불꽃을 이제야 꺼트리기 시작했다.

"……어. 자, 잠깐. 설마 키스미, 그런 생각으로 온 거야?!"

반대로 요루카는 내가 무슨 생각을 했는지 이제야 깨달았다.

"그야 연인이 집에 오라고 권하면 그런 것도 생각하게 되잖아!"

"키스미 변태!"

"나, 나는 고백했을 때 그런 것도 하고 싶다고 선언했는걸. 잊었어?"

나는 뻔뻔해질 수밖에 없었다.

착각해서 성대하게 앞서버린 건 사실이지만, 고등학생이라는 나이에 태연하게 연인의 집에 들어갈 만큼 경박해진 것도 아니다. 오늘도 두 번째라고는 하나 요루카가 사는 타워 맨션에 도착한 뒤로 계속 긴장했다.

"그야 나도 처음에 확인했으니까 기억하지. 기억, 하지만."

요루카는 어떻게 대답해야 할지 필사적으로 말을 찾았다.

그야 좋아하는 사람이라고는 해도 난데없이 그런 면모를 봐 버렸다면 난감하겠지.

민망하다.

너무 성급했던 나와 예상치 못한 일에 동요하는 요루카.

"저기요. 다리가 저려서 더는 한계거든요."

완전히 방치당해서 울상이 된 아리아 씨가 정좌했던 자세를 무너트리며 쓰러졌다.

"언니, 미안해!"

"아리아 씨, 괜찮으세요?!"

"못 일어나. 다리 아파."

아리아 씨는 진짜로 힘들어 보였다.

아리아 씨의 다리가 회복된 후 다시 셋이서 대화를 나눴다.

뭐, 이제 와서 내가 뭐라고 할 일은 아니다.

"저는 화 안 났으니까 용서할 것도 없어요."

진심으로 그렇게 말하자 아리아 씨는 안도한 표정을 지었다.

요루카도 비슷한 얼굴로 비슷한 표정을 지었다. 정말로 홀릴 듯한 미인 자매다.

"오히려 저는 저 나름의 방식으로 칸자키 선생님의 부모님을 설득하기 위해 요루카에게 아리아 씨를 붙잡아달라고 했는걸요. 요루카가 받아들이긴 했지만, 그 탓에 자매 사이가 나빠진 건 아닐지 걱정했죠. 그래서 이렇게 셋이서 평범하게 대화할 수 있는 게 기뻐요."

호텔에서 칸자키 선생님의 부모님과 만날 때, 나는 아리아 씨가 계획한 가짜 남자친구와는 다른 방법을 준비했다. 선생님의 제자인 세나회를 동원해 설득을 시도한 것이다.

내 작전을 성공시키려면 행동을 파악할 수 없는 아리아 씨의 개입을 막는 것이 필수 조건이라고 판단.

그래서 나는 아리아 씨의 동생인 요루카에게 시간을 벌어달라고 부탁했다.

그 아리사카 아리아와 대등하게 맞설 수 있는 건 요루카 말고는 없었다.

"스미, 그런 식으로 생각했었구나."

"내가 그랬지? 키스미가 언니를 싫어할 리 없다고."

언니를 위로하는 동생. 그 훌륭한 자매 구도에 내가 끼어들 여지는 없다.

"아리아 씨. 좋은 기회니까 부탁이 하나 있는데요."

"뭔데?"

아리아 씨는 자세를 바로잡고 내 말을 기다렸다.

"요구하지 않은 조언은 주지 말아주세요. 아리아 씨는 관찰력이 뛰어나고 말도 정확한 건 제가 가장 잘 알지만요."

"응, 그렇지."

"그렇다고 해서 반 장난이나 충동으로 남이 숨겨둔 본심을 공연히 파헤쳐서 인간관계를 휘저어놓는 건 문제예요. 그것만 없으면 진짜로 든든한 누나거든요. ──그러니까 반성이라고 생각하고 이것만은 약속해주세요."

"응, 응! 알았어. 약속할게!"

아리아 씨는 새끼손가락을 슥 내밀었다.

나는 그 의도를 알아차리고 내 새끼손가락을 감았다. 그후 누가 먼저랄 것 없이 노래했다.

"'손가락 걸었다, 거짓말하는 사람 바늘 천 개 먹기, 약속.'"

어린아이 같은 약속에 나는 '효과 있는 거예요?' 하고 웃었다.

"형식은 중요해."

아리아 씨는 그렇게 말하며 자신의 새끼손가락을 바라보았다.

"겸사겸사 나는 공포의 대마왕도 졸업이야."

아리아 씨는 그제야 평소처럼 발랄한 태도로 그런 말을 중얼거렸다.

"사실은 되게 담아두고 계셨군요."

새삼스럽게 깨달은 나는 미안함을 느꼈다.

"어딜 봐도 한창때의 아가씨에게 붙일 별명은 아니잖아."

"죄송합니다."

"이제부턴 가족으로 생각하고 만날 거니까 그렇게 알아."

""가족?!""

갑작스러운 단어에 나도 요루카도 괴성을 질렀다.

"뭐예요, 그게."

"어? 스미는 장래엔 그렇게 되는 거 아니야?"

"언니?!"

요루카가 크게 소리쳤다.

이 이상 괜한 소릴 하지 말라고 노려보는 요루카를 흘려 넘기며 아리아 씨는 변함없는 태도로 이야기했다.

"그러니까, 보호자로서는 이 집에서 야한 짓을 하게 허락할 수 없습니다!"

"갑자기 진지한 이야기를 하는데."

아리아 씨는 심각한 얼굴로 이쪽을 보았다.

"당연하잖아. 젊은 남녀가 하룻밤을 함께 하면 큰일 난다고."

"갑자기 너무 비약하잖아요!"

"그럼 무방비한 요루가 옆에 있어도 참을 수 있어?"

"··········, 참아야죠."

아리아 씨가 코웃음 쳤다.

"아니, 나와 키스미가 그런 건, 아직 일러. 지난번에 막

키스했는걸. 하지만 싫은 건 아니고, 아니, 하지만——."

옆에선 얼굴이 새빨개진 요루카가 몸부림치고 있었다.

"아무튼 보호자로서 내 눈이 닿는 한 귀여운 동생에게 손을 대는 건 금지합니다! 그걸 명심하고 자고 가."

"어? 괜찮은 거예요?"

"그럴 생각으로 온 거잖아? 배낭에 뭐가 들었는지는 모르지만."

아리아 씨는 눈을 가늘게 뜨며 의미심장하게 히죽거렸다.

"제, 제 짐 같은 건 뭐든 상관없잖아요! 그게 아니고."

"모처럼 여름방학이잖아. 편하게 놀아. 요루도 실력을 듬뿍 발휘해서 저녁을 준비했거든. 스미가 안 먹으면 우리가 살 찔 거야."

◇ ◇ ◇

식탁 위를 차지한 것은 갓 구운 피자였다.

"반죽부터 수제입니다. 맛있게 먹어."

요루카가 저녁으로 만든 것은 수제 피자였다.

나는 치즈가 아직 부글거리는 뜨거운 피자를 깨물었다.

"앗뜨! 오, 우와. 맛있어!"

레스토랑에서 먹는 것과 비교해도 손색이 없는 수준이다.

부드럽게 녹은 진한 치즈, 구운 밀가루 냄새가 고소하게 풍기는 쫀득쫀득한 도우, 감칠맛이 가득한 기름진 베이컨의 짭짤함, 토마토소스의 부드러운 산미, 바질의 상큼한 풍미.

순식간에 한 조각을 다 먹어버리고 다음 피자로 손을 뻗었다.

"그 외에도 여러 종류의 피자를 만들었으니까 사양하지 말고 먹어."

요루카는 내가 정신없이 먹자 만족스러워했다.

"으음, 와인이 끌리는 맛이야."

아리아 씨는 맛있게 피자를 먹으면서도 어딘가 부족한 기색이었다.

"오늘은 술 안 드시네요. 웬일로."

"요루가 금지했거든."

"당연하잖아. 오늘 정도는 금주해."

요루카의 시선이 날카롭다.

그 순간, 저 천진난만한 아리아 씨가 움츠러들었다.

"흑흑. 술 마시고 싶어."

"언니, 왜 그렇게 마시고 싶어 하는 거야?"

"요루가 너무 맛있는 요리를 만들었으니까."

"칭찬해도 오늘은 안 돼."

"요루가 엄격해."

"자신이 한 일을 한 번 더 떠올려볼래?"

"반성했다고. 했으니까 상으로."

"고집부리면 언니만 디저트 뺄 거야."

"그것도 싫어."

대체 누가 언니인 건지.

예전의 아리사카 자매는 아리아 씨가 절대적인 상위 포지션이었고, 요루카는 의심 없이 따르는 관계였다. 언니에게 의견을 내세우거나 반론하는 건 상상할 수 없다. 그 정도로 동생은 언니를 이상의 존재로 여기며 절대시했고, 그 방식은 숭배에 가까웠다.

하지만 오늘 이렇게 보는 아리사카 자매는 서로에게 사양하던 면이 완전히 사라졌다.

아리아 씨는 저녁을 먹는 동안 페리에를 마시며 술을 참았다.

나는 배가 터지도록 피자를 먹었다.

움직일 수 없다며 거실 소파에 누웠다.

"먹고 바로 누우면 소 된다?"

요루카가 웃으면서 지적했다.

"두 사람이야말로 왜 디저트를 또 먹을 수 있는 거야?"

내 옆에서 자매는 나란히 디저트를 먹고 있었다.

아리아 씨가 백화점에서 사 온 디저트는 보석처럼 예쁘고 맛있어 보였다.

""디저트 배는 따로 있으니까.""

"위장 참 편리하네!"

상당히 먹었는데도 둘 다 허리가 잘록한 것이 신기하다. 수수께끼의 신체다.

"키스미도 식후의 커피 정도는 마실 수 있지?"

"마실래."

여름에 일부러 즐기는 뜨거운 블랙커피. 쌉쌀하고 뜨거운 액체가 입 안의 기름기를 씻어줘서 개운해진다. 속이 내려가자 빠르게도 약간 입이 궁금해졌다.

"참고로 레몬 셔벗도 있는데, 키스미 먹을 수 있어?"

"호화 서비스네. 그 정도라면 먹을 수 있어."

"응. 지금 가져올게."

요루카는 포크를 내려놓고 부엌으로 향했다.

시선을 창문으로 돌리자 도쿄의 야경이 반짝거렸다.

역시 타워 맨션. 몇 번을 봐도 경치가 좋다.

"멋진 여름방학이 될 것 같아?"

아리아 씨가 불쑥 물었다.

"그러게요. 요루카가 있기만 해도 충분히 즐겁지만, 올해는 세나회에서 가는 여행도 있으니까요. 아리아 씨는 가 보신 적 있죠?"

"시즈루네 별장 말이지? 거기는 건물도 예쁘고 바다도 가까워서 좋아. 추억 만들기에 딱이지."

아리아 씨도 한때는 에이세이 고등학교에 다니며 현재 우리의 담임인 칸자키 선생님의 제자였다.

"기대된다."

"온천도 끌어다 놔서 휴양에도 최고지."

"거의 고급 호텔인데요?"

아무리 학생이라고 해도 그런 호화 별장에 무료로 재워 준다니 감사한 일이다.

"고급하니 말인데, 저 그랜드 피아노는 누가 치는 거죠?"

널따란 거실에 놓인 칠흑의 고급 피아노.

'기다렸지?' 하며 나타난 요루카가 접시에 가득 담은 레몬 셔벗을 3인분이나 가져왔다.

"요루. 스미가 피아노 쳐 달래."

아리아 씨는 재치를 발휘하여 내 요청사항을 먼저 말해 주었다.

정말 상대방의 마음을 읽는 게 능숙한 사람이라니까.

"어? 딱히 대단한 실력도 아닌데."

"요루카. 들려줘."

나도 부탁하자 '그럼 디저트 다 먹은 뒤에' 하고 수락해 주었다.

"……그런데 두 사람도 셔벗 먹는 거야?"

""당연하지.""

아리사카 자매는 주저 없이 스푼으로 셔벗을 떠먹었다.

디저트까지 깔끔하게 다 먹은 뒤 빠르게 뒷정리를 끝냈다.

"진짜 기대하지 마. 옛날에 배운 것뿐이고 지금은 가끔 내키면 치는 정도니까."

요루카는 피아노의 뚜껑을 열고 건반에 살며시 손가락을 올렸다.

아름다운 선율이 잔잔하게 깔린다.

넓은 실내에 흐르는 에릭 사티의 짐노페디.

요루카는 말간 얼굴로 멋진 실력을 피로했다.

여름의 더위에 들떴던 마음을 가만가만 다독여주는 듯한 연주였다.

무엇보다 나는 피아노를 치는 요루카의 모습에 홀렸다.

흡사 피아노와 자신 말고는 이 세계에 존재하지 않는다는 듯 연주에 몰두하는 모습은 너무도 아름답다.

그 순수하고 맑게 정련된 자세에 나는 아리사카 요루카다움을 엿보았다.

긴장과 이완이 함께하며 피아노를 연주하는 요루카에 나는 넋을 놓았다.

"들어주셔서 감사합니다."

연주를 끝마친 요루카는 꾸벅 머리를 숙였다.

"대단해. 훌륭한 연주였어. 감동했어!"

진심으로 보내는 내 박수에 요루카는 '호들갑은' 하며 수줍게 웃었다.

전원 목욕을 마치고 졸릴 때까지 영화감상을 하기로 했다.

아니, 미인 자매의 파자마 모습을 볼 수 있다니 대단한 축복이구나.

"더우니까 무서워서 등이 오싹해지는 공포영화를 보며

시원해지자!"

"언니, 하지 마. 더 재미있는 영화 보고 싶어."

신이 난 아리아 씨에게 요루카는 이미 잔뜩 겁을 집어먹은 모습이었다.

"오늘은 스미가 있으니까 무서우면 달려들면 되잖아. 매번 우리만 있을 땐 공포영화 못 보게 하면서."

"무서운 건 무섭다고!"

요루카의 항의에도 영화의 장르는 변경되지 않았다.

"으으! 언니는 너무 막무가내야."

그렇게 불평을 토하는 요루카는 불만을 드러내면서도 참는 느낌은 없었다.

넓은 거실의 불을 끄고, 대형 TV에 영화가 나오기 시작했다.

결론만 말하자면 나는 공포와는 다른 이유로 심장이 뛰어서 고생이었다.

영화가 끝날 때까지, 나는 내내 커다란 소파 위에 앉아 좌우에 있는 아리사카 자매에게 붙들렸다.

아리아 씨는 겁이 많은데도 공포영화를 보는 타입의 인간인 모양이다.

처음엔 평범하게 소파에 앉아있었는데, 이야기가 진행될수록 점점 두 사람이 다가오더니 어느새 좌우에 단단히 달라붙어 있었다.

충격적인 장면이 나올 때마다 비명을 지르면서 꽉 달라

붙는다. 그대로 팔에 매달리는 바람에 중앙에서 꼼짝도 할 수 없게 되었다.

이상하다. 내 심장이 뛰는 건 공포영화를 보고 무서워서 그런 건지, 미인 자매의 부드러운 촉감에 동요해서 그런 건지 구별이 가지 않는다.

눈앞의 무서운 영상보다 좌우에서 가차 없이 들이미는 감각에 정신이 팔려 영화 내용이 거의 머리에 남지 않았다.

그런 식으로 아리사카가의 밤이 깊어갔다.

오늘도 문화제 실행위원회 회의 때문에 아침부터 등교.

승강구에서 실내화로 갈아신고 인기척이 없는 복도를 걸어 회의실로 향했다.

여름방학을 맞은 학교는 한없이 텅 빈 상자에 가깝다.

사람이 없는 교사는 공기의 냄새마저 다른 느낌이 든다. 누구와도 마주치지 않고, 교실에는 불이 들어오지 않았고, 평소에는 어디서든 들리는 대화 소리가 없다.

건물이 크기 때문에 공허함이 강조되며 정적이 주변을 채운다.

덕분에 어둑한 복도의 공기는 여름인데도 서늘했다.

창밖을 보자 뜨거운 운동장에서 축구부가 전력으로 축구공을 쫓아가고 있다.

계단을 올라가자 마침 앞쪽에서 걸어가는 사람은 학급 임원 파트너인 하세쿠라 아사키였다.

"좋은 아침, 아사키."

"아. 좋은 아침, 키스미. 오늘도 더워서 힘들다, 그치?"

"심지어 여름방학인데 이렇게 학교에 오는 우리는 정말 기특해."

"키스미는 사실 학교 싫어해?"

"여름방학을 좋아해."

"그건 나도 그래. 아, 여행에 아리사카의 언니도 온다면서?"

비어 가든에서 식사한 날, 나는 세나회의 그룹 채팅방에 아리아 씨의 참가를 바로 공유했다.

"저기, 아사키? 운전할 수 있는 사람이 한 명 더 있어야 다 같이 갈 수 있거든."

"사정이 사정이니까 아리사카의 언니 건은 받아들였어."

"아, 그렇구나……."

참으로 담백한 반응에 나는 맥이 풀렸다.

"내가 아리사카의 언니를 불편해할 줄 알았어?"

"뭐, 학식에서 그런 일도 있었고."

"흐음, 키스미가 그 화제를 먼저 꺼내다니."

아사키의 눈이 스윽 가늘어졌다.

아차, 이런. 긁어 부스럼이었다.

"아니, 간사로서 참가자 전원이 여행을 만끽할 수 있도록 최대한의 배려를 하려는 것뿐이고 딱히 다른 의도는 없는."

"그렇게 따지자면 내가 모르는 곳에서 모이는 게 훨씬 더 불만이거든. 심지어 키스미의 동생까지 같이 있었다니, 거의 가족 단위로 만난 거잖아."

"동생과 영화 보러 갔다가 갑자기 모이게 된 것뿐이야. 선생님도 있었으니 완벽하게 여행 회의였어."

"그으래?"

"그래."

회의실 앞에 도착했다. 문을 연 순간, 복도와는 다르게 떠들썩한 목소리가 넘실거렸다.

"뭐, 키스미가 간사니까 칸자키 선생님의 별장에 갈 수 있게 된 거지."

다른 사람들에겐 들리지 않도록, 아사키가 뒤를 돌아 슬쩍 귓속말했다.

그 호흡이 간지러워서 나는 무심코 귀를 눌렀다.

"응? 왜 그래? 키스미."

내 표정을 똑똑히 확인한 뒤 아사키는 먼저 회의실로 들어갔다.

여름방학임에도 여기에 모인 여러 명의 학생은 전부 문화제 실행위원이었다.

문화제 실행위원회—— 통칭 문실은 우리 에이세이에선 학생회 밑에 모든 학년, 모든 반의 학급 임원과 유지로 구성되어있다.

에이세이 고등학교에서 열리는 가을 문화제는 전설의 학생회장 아리사카 아리아가 현재와 같은 대규모 행사로 확장했다.

그에 따른 막대한 준비를 이렇게 여름방학 때부터 진행한다.

3학년은 대학 수험이 있기 때문에 실질적으로 주축이 되는 것은 2학년인 우리다.

그리고 오늘은 각 섹션의 담당자를 정하는 중요한 회의 날이다.

학생회를 운영의 꼭대기에 두고 회계, 심사, 광고, 기기 관리, 무대 등 업무 내용은 다방면에 걸쳐있다.

어느 것을 담당할지에 따라 여름방학만이 아닌 문화제 때까지 얼마나 바쁜지 크게 달라진다.

아사키는 친구에게 웃는 얼굴로 인사하며 자리에 앉자마자 웅성거리는 회의실 안의 모습을 스마트폰으로 촬영했다.

"이것도 SNS에 올릴 거야?"

"응, 여름방학에도 학교 행사에 열심히 참여하고 있다는 어필이야. 다들 여름방학을 즐기는 가운데 성실한 학급 임원인 우리는 교복을 입고 등교한다는 거지."

아사키는 여느 때처럼 SNS를 갱신하기 시작했다.

재빠르게 손가락을 움직여 사진을 가공한 뒤 글귀를 붙이고 대량의 해시태그를 달았다.

"곧 회의 시작하는데."

"괜찮아. 어차피 핵심인 학생회장은 늦게 올 테니까."

아사키의 말대로 시작 시각이 코앞인데도 불구하고 중앙의 의장석만 비어 있었다.

"자, 이런 식인데. 어때?"

아사키는 스마트폰 화면을 보여주었다.

'우리 반은 문화제에서 뭘 할까?'라는 한 문장으로 마무리된 글귀는 같은 2학년 A반의 학생들을 대상으로 한 이야기였다.

여름방학의 오전인데도 댓글이 잇달아 달렸다.

우리를 응원하거나 문화제에서 하고 싶은 일 등이 적힌 댓글에 아사키는 꼬박꼬박 답장해주었다.

아사키 본인의 인기와 배려심 덕분에 우리 2학년 A반의 분위기는 양호하다.

이러한 떡밥으로 반 아이들의 의욕을 고취해두면 강제로 하게 된다는 인식이 아니라 자기 일로 받아들이며 학교 행사에 참여하는 사람이 많아진다.

봄의 구기대회에서 우승한 것도 아사키의 부름에 반이 일치단결하여 적절한 인재를 배치한 성과이다.

"아사키는 성실하구나."

"즐기면서 하고 있으니까. 아, 좋겠다. 아침부터 남자친구와 수영장 갔대."

답장을 하는 중인 줄 알았는데, 어느새 같은 반 여학생의 글을 체크하고 있었다.

이마에 젖은 앞머리가 달라붙은 수영복 차림의 여자가 눈부신 미소를 지으며 연인과 V사인을 하는 사진을 보여주었다.

"이런 걸 보면 빨리 여행 가고 싶어지네."

"그렇지? 빨리 바다에서 놀고 싶다."

아사키는 재치 있는 댓글을 빠르게 입력한 뒤 화면을 채우는 SNS 타임라인을 바라보았다.

여행을 기대하며 가슴이 두근거리는 걸 느끼면서도 전방의 화이트보드에 적힌 오늘의 의제를 보고 현실로 돌아왔다.

"아사키, 우리는 최대한 편한 일을 담당하자."

"왜? 모처럼 하는 건데 무대 담당을 맡아서 제대로 추억을 만들자."

학교 행사에 적극적인 아사키는 하필이면 제일 힘든 담당을 후보로 꼽았다.

칸자키 선생님에게 지명을 받아서 어쩔 수 없이 학급 임원을 받아들인 나와는 다르게 아사키는 대학 추천 입학을 노리고 있다.

그 동기의 차이는 아무래도 다르기 마련이다.

"내가 작년에 무대 담당이라 충고하는 건데, 아주 바빠."

"어차피 당일은 다들 정신없는걸. 그게 문화제의 참맛이니까 오히려 제일 고생하는 게 재미있잖아."

"너무 바빠서 우리 반 쪽은 아주 잠깐밖에 참가할 수 없게 돼."

"그건 작년에 키스미가 경음악부의 카노를 도와주는 것도 해서 그런 거잖아."

"어? 알고 있었어?"

작년엔 아사키와는 다른 반이었으니 영락없이 모르는

줄 알았다.

"해산 직전이었던 카노의 밴드를 무대에 세운 중심인물이었으면서. 적어도 문화제 실행위원회에서는 유명한 이야기야. 라이브도 대성황이라 작년 무대 담당 대표도 크게 칭찬했어."

"나 그쪽은 몰랐는데. 마지막엔 너무 지쳐서 기억도 흐릿하거든."

"사실 키스미는 귀찮은 일에 끼어드는 게 취미인 거 아니야?"

아사키의 농담 섞인 시선에 나는 쓴웃음을 지었다.

"어쩔 수 없었어. 같은 반이었던 카노가 문화제 2주 전에 밴드 내 연애 문제로 크게 싸움이 일어났는데, 그 싸움을 중재했다가 그대로 매니저가 되어달라고 울면서 매달렸거든. 아무리 그래도 그 시점에서 메인 무대 기획에 펑크를 낼 수도 없었으니까."

"그때나 지금이나 다들 의지하는구나."

문화제가 끝날 때까지 너무 바빠서 요루카가 있는 미술 준비실에는 거의 찾아가지도 못했다. 억지로 시간을 짜내서 들렀을 때 요루카가 타 준 커피가 유일한 힐링이었다. 그거 진짜 맛있었지. 행복의 커피였다.

"덕분에 문화제 내내 계속 달린 기억밖에 없어."

왜 운동회보다 더 많이 움직여야 했냐며 속으로 투덜거렸다.

"뭐 어때. 이벤트는 손님으로서 즐기는 것도 나쁘지 않지만, 주최자 측에서 사람들을 즐겁게 만들어주는 게 성취감을 얻을 수 있잖아."

"그건 그렇지만, 올해야말로 여유롭게 즐기는 걸로 충분해."

최대한 후방 일을 줄이면서 당일엔 요루카와 둘이 문화제 데이트를 하고 싶다.

"하지만 키스미는 내버려 둬도 알아서 바빠질 것 같아."

아사키는 마치 미래를 보고 온 것 같은 소릴 했다.

"불길한 예언하지 마."

"그런데 이 문화제 준비 기간에 눈이 맞는 남녀가 아주 많대. 알고 있었어?"

교실을 둘러보자 학교 행사 회의인데도 불구하고 묘하게 거리감이 가까운 남녀가 여러 쌍 보였다.

"오랫동안 같이 시간을 보내면 친밀해질 수도 있겠지."

"우리도 그렇게 되면 좋겠다."

"아니, 그럼 곤란하거든."

"고지식하긴. 여름이니까 살짝 일탈해도 **나는** 괜찮은데."

"아사키는 농담을 잘 치네."

"학급 임원 일은 성실하게, 사생활에서는 즐겁게 가는 게 내 모토야. 어쩌다 보니 키스미가 그 쌍방의 파트너로서 맞아떨어진 것뿐이지."

여름방학이 시작된 뒤 아사키는 거리낌이 없어졌다.

연인이 있는 나를 대하는 거리감이나 태도가 한층 호의적으로 바뀌었다.

"친구로서는, 즐겁다 카테고리에 들어갔다니 다행이야."

"……조금 더 곤란해할 수도 있잖아. 좋아하는데."

아사키는 진지한 얼굴로 그런 말을 했다.

"곤란해하는 걸 보는 게 좋다니, 특이한 취향이네."

"그런 의미가 아니거든. 하지만 역시 키스미는 재미있어."

아사키가 환하게 웃었다.

학급 임원 파트너인 이상 여름방학이라고 해도 나와 아사키는 정기적으로 만난다.

그녀는 오히려 연심을 나에게 들킨 상태인, 이 애매모호한 거리감을 즐기는 것 같았다.

"왠지 새콤달콤한 분위기인데. 세나와 아사키, 그렇게 친했어?"

뒤를 돌아보자 어느새 잘생긴 남학생이 서 있었다.

"하나비시. 함부로 끼어들지 마."

아사키는 눈썹을 찡그렸다.

"좋은 아침이야. 아사키는 오늘도 예쁘구나."

숨 쉬듯이 간지러운 말을 뱉는 그는 학생회장 하나비시 키요토라였다.

밝은색으로 머리카락을 염색한 이 미남은 반짝반짝한

아우라를 두른 왕자님 타입.

잘생긴 얼굴에 말끔한 미소, 부드러운 태도에 독특한 유머를 섞은 화술, 눈부시게 상대를 바라보는 눈동자엔 어딘가 나른한 색기가 감돈다. 날씬한 데다 키가 크며, 같은 남학생 교복을 입었는데도 누구보다 청결하고 상큼한 인상을 준다.

더군다나 누구에게도 친근하게 말을 걸기 때문에 남녀불문 인기가 많다.

특히 아이돌 뺨치는 외모도 더해져 입학 당시부터 여학생 사이에서 화제였다.

그리하여 붙은 별명이 프린스 키요토라.

그런 그가 학생회장 선거에 입후보하니, 전교생 투표에서 압도적인 표를 끌어모아 당선하는 것도 당연한 일이다.

"내 말은 안 들렸나 봐."

조금 전까지는 높았던 아사키의 목소리 톤이 확 낮았다.

"학생회장이 지각하면 어떡해, 하나비시."

나는 놀리듯이 지적했다.

시계를 보자 회의 개시 시각이 지난 상태였다.

"세나. 학생회장인 나는 학생들에게 압박감을 주고 싶지 않았어. 어디까지나 편안하게 회의에 임하길 바라는 마음에서 나온 배려야."

마치 계산해서 한 행동이라는 양 하나비시는 대답했다.

"그런 건 그냥 게으름이라고 하거든."

아사키가 황당하다는 얼굴로 핀잔을 놓았다.

"학생회장도 중역이니 늦게 출근하는 거지."

"그냥 지각이야!"

아사키는 하나비시의 말을 일일이 정정했다.

"주역은 늦게 등장한다는 클리셰의 법칙도 있잖아."

"누가 주역인데."

"아사키는 늘 엄격하다니까. 그게 자극적이라서 좋지만."

"빨리 앉아라, 학생회장."

아사키는 하나비시의 태도에 계속 짜증 냈다.

대체로 누구에게나 깔끔하게 대응하는 아사키가 드물게도 감정을 드러내고 있다.

"알았어. 옛 마누라가 그렇게 말씀하시니 어쩔 수 없지."

"누가 마누라야!"

아사키는 회의실에 쩌렁쩌렁 울릴 만큼 크게 소리쳤다.

"아사키, 네게 나는 이미 과거의 남자인 거야? 만약 그렇다면 무척 섭섭한데. 1학년 때는 사이 좋게 학급 임원으로 힘을 모았잖아."

"너와는 과거, 현재, 미래 한순간이라도 사이가 좋았던 기억이 없거든. 이상한 표현은 집어치워!"

아사키가 당장에라도 히스테릭하게 소리치고 싶은 걸 꾹 참는 게 보였다.

"너무해. 세나도 나와 아사키 사이가 얼마나 좋았는지 기억하지?"

하나비시와 아사키는 작년 1학년 B반의 학급 임원이었다.

따라서 같은 학급 임원이었던 나와도 면식이 있기에 하나비시는 나를 부를 때 특히 더 친근하게 부른다.

"하나비시가 잡혀 살았던 건 기억하는데."

"그렇게 부부 같았다니 쑥스럽잖아. 그렇지? 아사키."

"됐고 빨리 회의 시작해!"

아사키는 계속 이 자리에서 떠날 생각이 없어 보이는 하나비시를 쫓아냈다.

"참나, 1년이 지나도 1mm도 발전이 없다니까."

"어째 작년보다 하나비시에게 더 가혹해지지 않았어?"

"그야 저 녀석의 얼간이 같은 태도는 100% 연기니까. 의욕을 내면 잘하는 주제에, 일부러 불성실한 척을 한다니까. 저런 게으름뱅이가 제일 짜증 나."

교실 전방에 있던 학생회 구성원들은 하나비시를 기다렸다는 양 맞이했다.

그 모습을 보기만 해도 하나비시 키요토라가 신뢰받고 있다는 걸 잘 알 수 있었다.

"심지어 성적은 전교 3등이지."

1학기 기말고사 순위는 1등이 요루카, 2등이 아사키. 그리고 3등이 하나비시였다.

"그렇지? 진짜 재수 없어. 작년에도 평소엔 나에게 모든 판단을 다 떠넘겨놓고 슬쩍슬쩍 참견하는 거야. 그런 주제에 정확하게 조언하는 것도 마음에 안 들어!"

내가 모르는 곳에서 아사키는 여러모로 스트레스가 쌓였던 모양이다.

평소엔 저런 불만이나 푸념을 일절 겉에 드러내지 않으니까, 오늘의 직설적인 아사키는 신선했다.

"대충 한다고 해야 하나, 하나비시는 완급 조절을 아주 잘한다는 인상이야."

나는 최대한 긍정적으로 옹호해봤다.

하나비시는 농땡이를 피우는 것도, 상대방의 공적을 의도적으로 갈취하는 것도 아니다.

본인을 포장하는 일도 하지 않으니까, 진심을 발휘했을 때의 차이가 더욱 크게 느껴지는 거겠지.

"물러! 키스미는 너무 착해! 저걸 너무 호의적으로 봐!"

"명장면을 스틸하는 것도 재능이라면 재능이잖아."

아무리 눈에 띄고 싶어도 실력이 없으면 어렵다.

아이돌 같은 인기만으로 당선한 사람이 해낼 수 있을 만큼 에이세이의 학생회장 자리는 쉽지 않다.

하나비시 키요토라는 인기와 실력을 모두 갖췄기 때문에 학생회장인 것이다.

"오히려 하나비시 때문에 키스미의 주가가 오른 것도 있거든. 이쪽의 고생을 헤아려주고 말없이 도와준다니 어쩜 이렇게 고마울까! 하면서."

아사키는 절절히 중얼거렸다.

그런 추돌사고 같은 이유로 내 호감도가 올라갔었다니

놀랍다.

『안녕, 다들 기다렸지? 오늘은 문화제 역할 분담을 정할 거야. 그럼 순서대로…… 가고 싶지만, 내가 제일 중요시하는 무대 담당부터 정하기로 할까.』

마이크를 통해 하나비시의 목소리가 회의실에 울려 퍼졌다.

오늘의 회의가 끝나고 나는 책상에 엎어졌다.

"이건 꿈이야——……."

"징징거리지 마. 정해졌으니 어쩔 수 없잖아."

"하지만 하필이면 진짜로 2년 연속 무대 담당이 될 줄이야."

아사키는 자신이 바라는 대로 되었다며 만족스러워했다.

회의가 시작하자마자 하나비시가 '무대 담당은 축제의 꽃이지만, 업무도 힘드니까 우선 경험자 위주로'라는 소릴 하는 바람에 난데없이 후보자가 좁혀지게 되었다.

그때 아사키가 내 의사를 배신하고 입후보.

2학년 내에서 절대적인 신뢰와 인기를 누리는 하세쿠라 아사키라면 문제없다는 분위기가 형성되었다.

『아사키의 실무능력은 내가 보증할게. 작년 무대 담당 경험자이자 실적도 있는 세나가 파트너니까 완벽하네.』

학생회장인 하나비시의 한마디에 작년 카노 밴드와 관련해서 내가 무슨 일을 했는지 아는 3학년이 찬성, 여기에

1학년도 편승했다.

이리하여 아사키와 나는 빠르게도 무대 담당자로 결정되고 말았다.

"즐거운 여름이 될 것 같아."

"아사키, 사실은 하나비시와 미리 입을 맞춰놓은 거 아니지?"

"그 녀석만큼은 손을 잡을 리 없잖아!"

아사키가 단호하게 부정했다.

"나와 아사키의 마음이 통한 것뿐이야. 세나."

하나비시가 다시 찾아왔다.

"가까이 오지 마! 말 걸지 마! 돌아가!"

"아하하, 아사키도 참, 솔직하지 못하긴."

"거짓 한 점 없는 진심이야!"

감정적으로 반응하는 아사키와 계속 여유로운 하나비시. 두 사람의 그 대조적인 태도가 재미있다.

"뭔가 두 사람을 보면 만담하는 것 같아."

"말도 안 돼."

아사키는 진심으로 질색했다.

"부부 만담이란 거지? 역시 세나, 잘 알잖아."

하나비시는 나이스라는 듯 나에게 손가락질했다.

그러고 보면 입학했을 때부터 이 미남미녀 학급 임원 콤비는 거리감 없는 투닥거림 때문에 언제는 두 사람이 사귄다는 소문도 있었다.

그러다 하나비시의 연인을 자칭하는 여학생이 잇달아 나타나는 바람에 어느새 소문도 사라졌지만.

"하나비시와 세트 취급이라니 너무 충격적이야."

"큰일이잖아, 아사키. 내가 위로해줄게."

그 재빠른 반응에 아사키의 표정이 한층 더 험악해졌다.

"하나비시가 있으면 내 페이스가 무너져. 이제 좀 이해해 달라고."

아사키의 한숨 섞인 간청에 하나비시는 놀란 얼굴이 되었다.

"——미인의 얼굴이 어두워지는 건 세계의 큰 손실이야. 아사키."

미남이 진지한 얼굴로 그런 느끼한 멘트를 입에 올렸다.

"너 때문에 어두워졌거든."

"……이상하네. 내가 칭찬하면 여자애들은 다 기뻐해 주는데."

"자뻑하지 마, 이 나르시시스트 같으니."

"내가 아름답다는 걸 인정해주는 거야? 아사키는 보는 눈이 있구나."

하나비시는 많이 들은 말이라는 듯 자신감에 넘치는 미소를 지었다.

"말이 안 통해!"

아사키는 눈썹을 격하게 치켜세웠다.

하나비시는 누가 봐도 엉뚱한 구석이 있다. 그게 보호

본능을 자극한다는 목소리가 있지만, 말이 안 통해서 답답함이 쌓인다는 의견도 있다.

아사키는 완벽히 후자인 모양이다.

그런 식으로 대화하고 있을 때, 갑자기 회의실 안이 웅성거리기 시작했다.

"키스미, 끝났어?"

입구에서 빼꼼 얼굴을 내민 사람은 내 연인인 아리사카 요루카였다.

"어, 아리사카?!" "아리사카 선배 역시 예쁘다." "정말로 있는 사람이었구나." "이렇게 가까이서 아리사카를 볼 수 있다니 오늘은 운이 좋은데." "어? 왜 여름방학인데 아리사카가 학교에 있는 거야?" "너 몰라? 2학년에 남자친구가 있거든." "그랬어?! 누구?" "어…… 누구더라." "기억을 잘 뒤져봐!"

요루카는 그런 주변의 시선을 신경 쓰면서도 회의가 끝난 걸 확인한 후 나에게 걸어왔다.

"데리러 왔어. 도시락 싸 왔으니까 같이 먹자."

자, 다들 들었냐? 지금 저 기쁘기 그지없는 말을 한 사람이 내 여자친구거든!

아리사카 요루카라는 교내 최고의 미소녀를 한 번 더 자랑하고 싶어졌다.

그런 연인으로서의 기쁨과 흥분을 다독이며 여느 때와 같은 태도를 유지했다.

"무슨 일이야? 일부러 찾아오다니."

평소처럼 미술 준비실에서 기다리면 내가 그쪽으로 갈 텐데, 사람이 많이 모여있는 회의실에 요루카가 자발적으로 찾아오다니 놀라웠다.

"그냥, 못 기다려서."

요루카의 말에 가슴이 찌르르 울렸다.

여름방학에도 요루카는 문화제 준비 때문에 등교하는 나를 만나기 위해 학교에 온다.

"고마워, 요루카."

오늘도 요루카는 귀엽다. 아니, 내 연인은 언제나 귀엽다.

"세나가 아리사카와 사귄다는 이야기 사실이었구나. 이렇게 투샷을 보니 잘 어울려."

하나비시는 요루카를 상대로도 아랑곳없이 말을 걸었다.

"──누구?"

자기가 다니는 학교의 학생회장도 모르는 점에서 참 요루카답다. 게다가 같은 학년인데.

난데없이 모르는 사람이 말을 걸었다고 경계하면서도 요루카는 '잘 어울린다'는 평에 내심 좋아하는 것 같았다.

"B반의 하나비시 키요토라. 지금은 학생회장이기도 해. 잘 부탁해, 아리사카."

"키스미와 아는 사이야?"

"세나와는 유일무이한 친구지. 작년에는 학급 임원 동지라서 서로 도와주었어."

나는 처음 만난 상대와 멀쩡하게 대화하는 요루카를 보며 감동했다.

요루카 앞에서도 동요하지 않는 하나비시가 상대라는 점도 크지만, 봄 무렵에는 상상도 할 수 없었던 성장이다.

"키스미에게 나나무라 말고도 친한 친구가 있었구나."

"나나무라?! 그 녀석보다는 내가 더 친해! 그렇지? 세나."

하나비시의 미소가 오늘 처음으로 무너졌다.

남자 농구부의 에이스이자 인기남인 나나무라에게 라이벌 의식을 불태우는 하나비시는 하필이면 나에게 확인해댔다.

"하나비시와 내가 그렇게 친했던가?"

"세나, 너무해!"

"농담이야. 친한 친구 맞아."

"세나……."

기뻐하면서 이쪽을 바라보는 하나비시.

하나비시는 이렇게 겉과 속이 일치하는 순수한 남자다.

"특이한 학생회장이네."

"사랑받는 타입이라고 할 수 있지."

"그보다 점심. 빨리 가자."

딱히 프린스 키요토라에게 관심이 없는 요루카는 나를 데리고 함께 회의실을 나가려 했다.

"매번 방해하다니. 아리사카는 그렇게 할 일이 없어?"

아사키가 던진 말에 요루카는 발을 멈췄다.

"누구씨가 학급 임원을 구실로 내 남자에게 추근거릴 가능성이 있으니까."

"걱정도 많긴. 그렇게 자신감이 없는 거야?"

"그럴 리가. 학교에서 데이트하는 것뿐이야."

"2학기까지 좀 참지.'"

요루카와 아사키는 미소를 유지하면서도 말로 서로를 후려 팼다.

이 두 사람 사이에 다리를 놓는 역할만은 나도 불가능한 느낌이다.

"에이, 커플을 방해하면 안 되지. 아사키. 자, 나와 같이 점심 먹자. 문화제 일도 포함해서 간곡히 상담하고 싶은 게 있어."

하나비시는 아사키를 우리에게서 떼어놓으려 했다.

"아직 대화 안 끝났어!"

"세나, 아사키는 내가 데려갈게. 자, 렛츠 고."

"방해하지 마. 잠깐, 남의 어깨에 손 올리지 마, 하나비시."

하나비시는 이쪽을 향해 윙크한 뒤 아사키를 회의실에서 억지로 끌고 나갔다.

이런 점이 하나비시 키요토라의 우수함이겠지.

"유능해 보이네. 쓸만하겠어."

요루카가 무언가 꾸미는 듯한 표정을 지었기에 나는 못을 박았다.

"미리 말하지만 에이세이의 학생회장이거든. 쟤, 아리아 씨와 같은 타입이야."

"뭐? 극약이잖아."

언니인 아리아 씨에 빗대자 요루카는 겁을 집어먹었다.

◇ ◇ ◇

여름방학에도 우리가 만나는 곳은 여느 때와 같이 미술 준비실이다.

냉방이 시원하게 돌아가는 실내에서 요루카와 단둘이.

"오늘의 점심은 샌드위치를 만들어봤어."

요루카가 런치박스의 뚜껑을 열자 다양한 재료를 빵에 끼운 샌드위치가 예쁘게 담겨 있었다. BLT, 달걀, 햄과 오이, 새우와 아보카도, 데리야키 치킨, 참치마요. 심플하게 딸기잼이나 땅콩버터를 바른 것도 있다. 종류가 다양하고 전부 맛있어 보이는 데다 적당한 크기로 잘라서 먹기 편해 보였다.

보기만 해도 요루카가 얼마나 힘을 줘서 만들었는지 느껴졌다.

"굉장히 정성이 들어갔는데? 만드느라 고생하지 않았어?"

여름방학에 들어가 요루카는 정성이 담긴 도시락을 만들어주게 되었다.

매번 부담을 주는 것도 면목이 없으니 밖에서 먹어도 괜찮다고 내가 말하자,

『나는 키스미와 단둘이 있는 게 좋아. 게다가 먹어주면 좋겠고.』

라면서 수줍게 웃었다.

심장에 안 좋은 연인이다.

더욱더 좋아하게 되잖아.

내키지 않는 방학 등교도 요루카와 함께 점심을 먹을 수 있다는 것만으로도 즐거움이 된다.

순탄한 연애란 마법과도 같다.

당연한 나날이, 사소한 일이, 지루한 시간이 점점 특별해진다.

"재료를 잘라서 끼운 것뿐이야. 익숙하니까 딱히 어렵지도 않고. 종류가 많은 건 용기에 틈이 생기는 게 싫어서 어젯밤에 먹고 남은 반찬을 끼우거나 잼을 바른 걸 끼워 넣어서 그래."

요루카는 마치 간단하다는 양 겸손하게 대답했다.

샌드위치는 먹기엔 간단한 요리지만 은근히 손이 많이 간다. 제대로 순서를 밟지 않으면 재료의 습기로 빵이 눅눅해지는 등 맛이 떨어진다.

"늘 고마워."

"응. 사양하지 말고 먹어."

나는 바로 BLT 샌드위치를 먹었다.

구운 베이컨의 짠맛과 감칠맛, 싱싱한 양상추의 아삭함, 토마토의 산미가 하나가 되어 입 안에 퍼진다. 심플하기 때문에 재료의 질과 요리사의 실력이 맛을 좌우한다.

"너무 맛있어. 역시 요루카야. 최고의 쉐프!"

나는 순식간에 다 먹어버렸다.

"그렇게 서두르지 않아도 많이 있잖아."

요루카가 마실 것을 권했다.

오늘은 얼그레이 아이스티다.

"맛있는 건 한 번 먹으면 멈출 수 없어."

"기뻐해 줘서 다행이지만."

내 반응을 보고 요루카도 그제야 먹기 시작했다.

"요루카도 같이 먹지."

"하지만 키스미의 반응이 걱정되는걸. 맛있지 않으면 미안하잖아."

"요루카의 요리가 맛없을 리 없잖아. 설령 어떤 것이라도 나는 전부 먹겠어!"

"만드는 보람이 있는 말이네."

"이미 입맛을 단단히 붙잡혔거든."

나는 자신만만하게 선언한다.

"나도 가끔은 망칠 때가 있어."

요루카는 조심스럽게 말했지만, 여태까지 먹은 요루카의 요리 중 맛없는 건 하나도 없었다. 그녀의 실력은 확실하고, 간도 내 취향에 맞는 모양이다.

나는 여느 때처럼 정신없이 샌드위치를 먹었다.

요루카도 같이 먹었지만, 그 이상으로 내가 먹는 모습을 즐겁게 바라보았다.

"요루카도 더 먹어. 나만 먹자니 미안한데."

"만들면서 집어먹었으니까 신경 쓰지 마."

"더위 먹어서 식욕이 없는 건 아니지?"

나는 먹던 걸 멈추고 요루카의 이마에 손을 올렸다.

"괜찮다니까. 키스미는 걱정이 과해."

"요루카가 무리하는 거라면 나도 마음이 편할 수 없으니까."

"연인과 즐겁게 점심을 먹어서 배도 가슴도 만족스러우니까 안심해."

그녀의 반응 하나하나가 사랑스럽다.

러블리 아우라가 과하게 쏟아져서 이쪽은 포화 상태다.

큰일이다. 냉방이 돌아가는 데도 현기증이 날 것 같다.

"요루카와 같이 있으면 넋이 나가서 쓰러질 것 같아."

"그럼 내가 간호해줄까? 나는 괜찮은데."

그렇게 말하며 재미있어하는 요루카가 내 팔을 끌어안았다.

"서글프다. 건강한데 간호받고 싶어!"

내 여자친구의 귀여움은 한계를 너무 돌파해버렸다.

이런 식으로 옆에서 귀엽게 굴면 차분하게 식사할 수도 없다.

식욕, 성욕, 수면욕이라는 삼대 욕구는 동시에 성립하지 않는다는 걸 지금은 잘 알 수 있다.

셋 다 인간에게는 소중한 요소니까 어느 하나도 소홀히 할 수 없다.

"자자, 키스미도 컨디션 무너지지 않도록 지금은 제대로 밥 먹자."

요루카는 자신이 든 샌드위치를 내 입가로 내밀었다.

나는 입을 크게 벌려서 받아먹었다.

으음, 맛있어.

"네, 참 잘했습니다."

어린아이를 칭찬하는 듯한 말을 들었지만, 그게 썩 싫지만도 않다는 게 분하다.

샌드위치를 남김없이 싹 먹어 치우자 배가 꽉 찼다.

"잘 먹었습니다!"

"아, 키스미. 입가에 빵 부스러기가 묻었어."

"어? 진짜?"

나는 내 입가를 문질렀다.

"아니야, 반대쪽. 떼 줄 테니까 잠깐 움직이지 마."

"응."

영락없이 손가락으로 떼는 줄 알았는데, 갑자기 얼굴이 가까워졌다.

"어? 요루카?!"

"가만히."

그대로 혀가 할짝 핥아먹었다.

"뗐다."

애교 있는 미소를 보자 나는 무슨 말을 해야 할지 알 수 없게 되었다.

그렇게나 대담한 행동을 했는데, 요루카는 어디까지나 평온을 가장하고 있다. 내 놀란 얼굴을 보며 참으로 즐거워 보였다.

"……너무 치사하잖아."

나는 기쁘기도 하고 부끄럽기도 해서 몸부림쳤다.

"뭐가?"

"키스하고 싶어."

"지, 직설적이네."

"유혹한 건 요루카잖아."

"나는 키스미의 입가를 깨끗하게 해준 것뿐인데."

시치미를 떼는 요루카.

키스는 위대하다.

한 번 키스의 마력을 알아 버리면 과거의 자신으로 돌아갈 수 없다.

"아무리 나라도 못 참을 것 같은데."

"──그럼 어떻게 하려고?"

요루카가 노골적으로 도발하는 듯한 시선을 보냈다.

"글쎄. 이 이상 홀리지 않도록 그 못된 입을 막을 수밖에."

나는 요루카에게 키스했다.

그럼으로써 달콤한 말을 뱉는 입술을 막았다.

몇 번을 확인해도 그녀의 부드러운 입술에 질리지 않는다.

한 번 얼굴을 떼자 그곳에는 뜨겁게 달아올라 촉촉해진 연인의 얼굴이 있었다.

저기요, 요루카 씨. 너무 귀엽지 않습니까.

"적극적이네."

"식후 디저트야. 디저트 배는 따로 있잖아."

"나에게는 너무 단데."

"충치 안 걸려."

"중독성이 너무 강해."

"계획대로네."

"무서운 연인이잖아."

나는 가볍게 익살을 부렸다.

"기댈 수 있는 상대에겐 사양하지 않는 것뿐이야."

"그야 나 말고 다른 사람에게 이러면 곤란하지."

"안심해. 내가 키스하는 건 키스미뿐이야."

"자기 입으로도 키스라고 하네."

"그럼 안 해?"

우리는 그렇게 다시 입술을 겹쳤다.

지금은 여름방학이지만 나, 미야우치 히나카는 친구와 만나기 위해 오랜만에 학교에 왔다.

약속 시각은 2시인데 조금 일찍 도착했다.

"아, 미술 준비실에 스미스미 있으려나."

학급 임원인 스미스미가 문화제 준비로 학교에 오는 날은 요루요루와 같이 점심을 먹는다는 걸 떠올렸다.

모처럼 학교에 왔으니 나는 미술 준비실에 들렀다 가기로 했다.

잠깐 얼굴만 보는 정도이니 메시지를 보내서 알릴 필요도 없겠지. 없으면 없는 대로 상관없고.

다만 경음악부 부실에 가야 하니 스미스미가 있다면 마음이 든든하다.

한여름인데도 시원한 어두운 복도를 혼자 걸어가는 건 왠지 신기한 기분이다.

"요루요루, 스미스미. 있어?"

문을 노크해서 말을 걸었다.

"히, 히나카?!"

안에서 요루요루의 당황한 목소리가 돌아왔다.

"들어가도 돼?"

"자, 잠깐만! 점심 막 다 먹어서. 지금 치울게!"

"딱히 신경 안 쓰는데."

무언가 우당탕탕 시끄럽다. 도시락을 치우는 게 저렇게 힘든가?

"드, 들어와."

내가 들어가자 스미스미는 요루요루에게서 한참 떨어진 장소에 부자연스럽게 서 있었다.

"안녕. 미야치."

그는 여느 때처럼 나를 별명으로 불렀지만, 무언가 상태가 이상했다.

"스미스미, 왜 그래?"

"뭐가? 아무렇지도 않은데."

"……석고상을 왜 쓰다듬는 건데?"

"여, 여신의 예술적인 보디라인을 이 손으로 재확인하는 거야."

너무 수상하다. 단순히 점심을 먹고 있었던 게 아닌 것 같다.

"연인이니까 자기 여자친구나 만지지?"

"미, 미야치?!" "히나카?!"

"──농담이야. 여름이라고 해서 너무 뜨거워지면 안 돼. 여긴 학교니까."

내가 빤히 바라보자 어째서인지 두 사람은 당황했다.

"그런데 미야치는 무슨 일이야? 요루카에게 용건이라도?"

"오늘은 스미스미에게 볼일이 있어서."

"나?"

"그게, 경음악부까지 같이 가 줄 수 있을까?"

"······경음악부?"

"메이메이가 헬프를 좀 쳤거든."

"카노가?"

1학년 때 우리와 같은 반이자 경음악부인 카노 미메이가 올해도 곤경에 빠졌다.

상담을 받은 나는 걱정돼서 학교에 오게 되었다.

스미스미는 메이메이의 이름을 듣자마자 성대한 한숨을 쉬었다.

"원인은 작년과 비슷한가 봐."

"변함이 없나 보네. 그 문제아는."

"저기, 또 새 여자의 이름이 나오지 않았어?! 키스미, 히나카. 설명해줘!"

요루요루는 메이메이가 여자라는 걸 바로 알아차렸다.

역시 대단해.

지난번 칸자키 선생님의 가짜 남자친구 건도 그렇고, 언니의 꿍꿍이나 아사키의 태세 전환도 그렇고. 요루요루는 한층 더 민감해진 느낌이다.

다만 요루요루는 메이메이가 같은 반이었다는 건 잊어버린 모양이다.

"괜찮아, 요루요루. 걱정하지 않아도 돼."

"게다가 카노는 나나무라의 전여친이야."

"나나무라의 전여친?!"

요루요루는 날벼락을 맞은 듯 크게 소리쳤다.

"히나카, 정말이야?"

"그래."

"그럼 문제없겠네."

내 말을 순순히 믿어주는 것에서 요루요루와의 우정이 느껴져 기뻤다.

"그보단 내 말을 바로 믿어달라고."

스미스미는 조금 불만인 듯했다.

"여자관계만큼은 예외야. 키스미는 조금 무자각인 경향이 있으니까."

"무슨 러브코미디 만화도 아니고."

스미스미가 코웃음 쳤다.

그는 진심으로 그렇게 생각하고 있으니 화를 낼 수도 없다.

스미스미가 친절한 건 딱히 여자에게 인기를 끌고 싶다는 흑심 때문이 아니다.

세나 키스미라는 남자는 누구에게나 평등하게 대하고, 상대방이 곤경에 처했을 때는 도와주는 데 노력을 아끼지 않는다.

그런 성격이므로 자연스럽게 주변의 신뢰를 받으며 경우에 따라서는 그에게 마음을 줘 버리는 여자도 나타나는 것뿐이다.

"그래서 스미스미. 지금부터 같이 가 줄래? 물론 요루요루도."

"무대 담당이 된 이상 어차피 카노와는 만나야 하지. 알
았어, 우선 상황을 보러 갈게."

스미스미는 떨떠름한 표정을 지으면서도 승낙했다.

"나, 나도 가도 돼?"

"물론이야. 연주를 듣는 사람이 많을수록 기뻐할 테니까."

그렇게 우리 세 사람은 경음악부 부실로 향하게 되었다.

"스미스미. 아까 사실은 뭐 했어?"

복도를 걸으며 나는 스미스미에게 몰래 물어보았다.

"요루카가 만든 샌드위치를 먹은 것뿐이야."

"──요루요루가 바른 립글로스가 입에 묻었는데."

"뭐?!"

스미스미는 당황하며 자신의 입가를 손으로 훔쳤다.

"아하~ 진짜로 키스했구나."

"앗…… 미야치, 날 속였지?"

"뭐 어때. 연인 사이에 애정행각 정도는 당연하잖아."

"아니, 그건, 그럴지도 모르지만, 그래도."

"부끄러워할 거 없는데."

"말은 그래도."

얼굴이 빨개져서 당황하는 그의 모습은 희귀하다.

스미스미는 어떻게 반응해야 할지 난감한 모양이었다.

"이제 와서 신경 쓸 일도 아니잖아."
나는 진심으로 그렇게 말했다.

여태까지는 인기척이 전혀 없었는데, 경음악부 부실 앞 복도에는 부원들이 다닥다닥 붙어있었다.

연습하는 것도 아니고, 아무래도 닫힌 부실 문 앞에서 내부의 상황을 살피는 모양이다.

일반적인 고등학교 경음악부라면 부원은 기껏해야 한 학년당 10명, 총 30명 정도일 테지.

하지만 에이세이의 경음악부는 칸 미메이의 카리스마적인 인기 때문인지 50명이 넘는 대식구다. 초보부터 고등학생 수준을 넘어선 실력자까지 다양한 밴드가 여럿 결성되었고, 매일 음악에 정열을 불태우고 있다.

부원들은 다들 당혹스러운 듯한 표정이었다. 카노 미메이를 얼마나 걱정하는지 잘 알 수 있었다.

"잠시 실례합니다~! 메이메이가 불러서 왔어!"

미야치의 작은 몸이 선두에 서서 인파를 갈랐다.

"미야우치, 와 줬구나! 게다가 세나——어, 아리사카도?!"

우리가 도착한 걸 알아차린 건 작년에 같은 반이었던 경음악부 부원이었다.

그 목소리에 부원들은 바다를 가르는 모세의 기적처럼 길을 양보했다.

요루카의 뜻밖의 등장에 놀라는 부원들. 부담스러운 시

선을 받은 요루카가 부루퉁한 표정을 짓자 부원들은 한층 뒷걸음질 쳤다.

"역시 빤히 쳐다보는 건 싫어."

요루카는 옆에서 작게 투덜거렸다.

"카노는 상당히 성이 난 모양인데."

방음 설비가 된 문 너머로도 기타를 치는 소리가 들렸다.

"매번 저래. 터지기 전에 바람을 빼 주는 의식 같은 거야."

미야치는 아랑곳하지 않는다는 얼굴로 말했다.

"의식?"

"기분전환하고 싶을 때는 혼자 요란한 소리를 내며 연주하고 나면 개운해진대."

"미야치, 그렇게 카노와 친했구나. 다른 부원들과도 친해 보이고."

"메이메이와는 음악 취향도 맞고, 작년부터 경음악부에 종종 드나들고 있거든."

"미야치는 노래 잘하면서 입부는 안 하네."

"나는 기본적으로 듣기 전문."

미야치는 남에게 들려주는 것에는 관심이 없다고 묘하게 강조했다.

"──이 사람, 아주 잘 치네."

의외로 요루카가 관심을 보였다.

"요루요루는 악기 어떤 거 다룰 수 있어?"

"나는 어릴 때 피아노를 배운 정도야."

"겸손하긴. 지난번에 요루카의 집에서 피아노 연주를 들었는데, 아주 잘 치더라."

"미야우치. 카노를 잘 부탁해! 세나도 작년처럼 카노를 도와줘."

경음부원 일동이 기대하는 시선을 보냈다.

아니, 나는 매니저 받아들이겠다고 안 했거든.

"키스미, 히나카. 그 카노라는 사람은 어떤 부분이 문제아라는 거야?"

상황을 파악하지 못한 요루카가 물었다.

"메이메이는 끝내주는 테크닉을 지닌 멀티 플레이어이자 경음악부의 카리스마야. 작년 문화제 메인 무대에서 관객을 스탠딩석으로 만들어버린 록의 여왕이지."

"그리고 밴드 파괴자이기도 해."

"……음악적 재능은 뛰어나지만, 연애 편력이 어마어마하다는 뜻?"

미야치와 내 설명을 요루카가 요약했다.

"그렇게 단순하다면 편한데 말이야."

내가 그렇게 대꾸하자 요루카는 한층 더 알 수 없다는 표정을 지었다.

미야치가 힘차게 문을 열었다.

그 순간 낙뢰와도 같은 기타의 폭음이 흘러넘쳤다.

소리가 새지 않도록 허둥지둥 문을 닫았다.

커튼을 쳐서 어두운 부실 안에 용솟음치는 불꽃과도 같은 날카로운 소리.

긴 금발을 이리저리 흩날리며 기타를 연주하는 사람은 미니스커트를 입은 갸루였다.

어딘가 신들린 듯한, 상식에서 벗어난 듯한 고속 연주.

기다란 손가락이 넥 위에서 자유자재로 움직인다.

분노를 소리에 쏟아붓는 듯한 격렬한 연주.

그럼에도 왜 이렇게 매료되는지.

아슬아슬하게 소음이 되지 않고 멜로디로서 성립하는 것은 연주자의 탁월한 기술의 산물이리라. 정확무비한 손가락의 움직임. 그 연주에 내포된 풍부한 감정의 색채와 힘이 청자의 마음을 무자비하게 흔들어 놓는다.

문외한인 내가 봐도 카노 미메이의 대단함을 알 수 있다.

미야치는 넋을 놓은 듯 바라보고 있다.

요루카도 눈을 크게 뜬 채 경청했다.

연주에 몰두한 카노 미메이는 우리가 온 것도 알아차리지 못하고 기타를 계속 연주했다.

우리는 그런 신들린 연주를 중단시키려니 망설여져서 말을 걸지 못했다.

하지만 폭음이 갑자기 끊어졌다.

"후우, 개운해라."

조금 전까지 그렇게 격렬하게 연주하던 인물로 보이지 않을 만큼 카노는 태평하고 느긋한 목소리로 툭 중얼거렸다.

그리고는 한숨을 한 번 내쉬며 땀에 젖어 흐트러진 긴 머리카락을 쓰다듬었다. 그제야 드디어 우리를 알아차렸다.

"어라? 다들 언제 온 거야? 놀래라."

아무리 폭음을 내며 연주하고 있었다지만 우리가 들어온 걸 일절 눈치채지 못하다니. 얼마나 집중했던 걸까.

"메이메이, 스미스미 데려왔어."

"고마워. 세나키스 일이라면 히나카에게 부탁하는 게 제일 좋다니까."

카노와 사이가 좋은 미야치는 타타닷 카노에게 다가가 두 손을 모았다.

"누가 세나키스냐. 변함없이 연주할 때와 차이가 어마어마하네."

"뭐 어때. 이 별명은 친애하는 매니저에게 붙인 신뢰의 증표 같은 거야. 와 줘서 고마워."

"오랜만이다, 카노."

"세나키스도 잘 지냈나 보네. 부실이 더럽긴 한데, 아무튼 앉아."

카노 미메이는 태연하게 웃으며 기타를 어깨에서 내린 뒤 스탠드에 세웠다.

상대방의 긴장을 풀어버리는 조금 혀가 짧은 어조에 태평한 표정과 느릿한 동작.

눈을 감고 대화하면 어른스럽고 애교 있는 인상을 받게

된다.

하지만 그 외모를 한마디로 표현하자면 갸루다.

딱히 카노는 본인의 취향에 맞아서 갸루 같은 외모를 하는 게 아니다.

균형 잡힌 몸에 누가 봐도 화려해 보이는 얼굴. 라틴 쪽 쿼터라서 진한 금색의 긴 머리카락, 까무잡잡한 피부. 이목구비가 뚜렷하고 특히 코가 오뚝하다. 키가 크고 허리선이 높은 데다 교복 치마를 짧게 줄여서 입기 때문에 긴 다리를 특히 강조한다.

독특한 매력을 풍기는 이 성숙한 인상의 동급생은 딱히 꾸미지 않아도 겉모습이 갸루의 특징과 일치한다.

"커튼 걷는다. 얼마나 오래 기타 친 거야. 땀투성이네."

내가 커튼을 걷자 강렬한 여름 햇빛에 순간 눈앞이 아찔해졌다.

겸사겸사 창문을 열어서 가볍게 환기했다. 냉방이 돌아 시원하던 실내에 단숨에 열풍이 불어닥쳤다.

"하아, 개운해. 목마르다."

카노는 가방에서 수건을 꺼내 땀을 닦고 미네랄워터를 꿀꺽꿀꺽 마셔서 수분을 보충했다.

애초에 화장을 안 했으니 망가질 걱정도 없다.

"메이메이, 변함없이 멋진 테크닉이었어. 나이스."

"답답할 때는 폭음으로 풀어내는 게 최고지. 그런데 왜 아리사카도 있는 거야?"

상황을 살피듯 말없이 서 있던 요루카를 향해 카노가 먼저 말을 걸었다.

긴장했을 때의 요루카는 그 미모로 인해 기분이 나빠 보인다. 어지간한 사람은 말을 거는 걸 주저하지만, 그 점에서는 카노라고 할까. 요루카 앞에서 주눅 들지 않고 태연하게 말을 건다.

"나를, 알아?"

"그야 작년에 같은 반이었고, 이동 수업 때도 같은 조였어. 당연하지."

"…………."

작년까지 아리사카 요루카는 극도의 인간 불신. 주변에 일절 관심이 없었다.

같은 반 학생의 이름과 얼굴을 제대로 외우지 않은 것도 당연하다.

전혀 면식이 없는 줄 알았던 카노와 연결고리가 있었다는 걸 알고 민망해진 모양이었다.

"혹시 내 연주를 들으러 와 준 거야?"

침묵하는 요루카에게 카노가 멋대로 말을 이어갔다.

"메이메이. 요루요루는 스미스미의 여자친구야."

"여자인 친구가 아니라 여자친구?! 와, 그렇구나! 대단한데!"

처음 듣는다는 듯한 반응인 카노는 성대하게 놀라며 기뻐했다.

"세나키스, 제법인데! 아리사카와 사귀게 되었다니 잘됐네! 둘 다 축하해! 잘 어울려! 멋지다!"

카노의 너무나도 직설적인 축복에 요루카는 당황했다.

보통은 수준 차이가 난다는 소리를 듣곤 했으니, 나도 참으로 기분 좋고 간질간질하다.

요루카는 조용히 내 셔츠 소매를 잡아당겼다.

"저기, 카노는 아주 좋은 사람이잖아. 내 눈엔 문제아로 안 보이는데."

아무래도 아주 기뻤던 모양이다.

"그걸 지금부터 알려줄 거야."

우리 네 사람은 저마다 의자에 앉아 본론에 들어갔다.

"그래서, 왜 날 부른 거야?"

"그게, 밴드가 해체돼서 새 멤버를 모으고 싶어. 그러니까 올해도 세나키스가 우리 매니저를 해주면 돼."

카노는 받아들이는 걸 전제로 나에게 선언했다.

완전히 정기구독 같은 자동 갱신 시스템이다.

승낙하지도 않았는데 마음대로 매니저 일을 맡기려 하지 마.

"매니저는 안 해."

나는 싸늘한 목소리로 거부했다.

작년을 되풀이할 수는 없다.

"그럼 작년엔 왜 해준 거야?"

"그건 같은 반이니까. 올해는 다른 반이잖아. 다른 녀석에게 부탁해."

"세나키스는 든든한걸. 죄다 맡겨두면 안심이고."

카노의 유들유들한 분위기 때문에 통 급박함이나 절실함이 느껴지지 않는다.

"당당히 죄다 맡기겠다고 하지 마."

"그럼 비서는 어때."

"거의 같은 의미잖아."

"하다못해 잡일 담당이라도."

"격이 한층 더 떨어지지 않았냐."

"하지만 나는 악기연주 말고는 무능한걸……."

카노는 진지한 얼굴로 호소했다.

"카노, 작년에 무슨 일이 있었어?"

요루카가 도와주듯 조심스럽게 물었다.

"아까 본 대로 연주자로서 실력은 진짜배기야. 음악에만은 진지하게 임하는 건 나도 인정해. 하지만 이 외모와 성격의 차이가 좀 골칫거리라서."

"골칫거리?"

"간단하게 말하자면, 밴드에 들어온 남자는 다들 메이메이를 좋아하게 돼."

미야치의 완곡한 설명을 내가 구체적으로 보충했다.

"좋은 의미로도 나쁜 의미로도 인기가 많아. 여자에게 인기를 끌고 싶어서 밴드에 들어온 녀석은 먼저 가장 가까운 곳에 있는 카노에게 눈독을 들이지. 음악을 좋아하는 녀석은 마니악한 이야기를 나눌 수 있는 귀중한 이성인 카노에게 자연스럽게 반해버리고. 그 결과 밴드에 들어온 남자들 전원이 카노 미메이를 두고 싸우는 상황이 발생하는 거야."

소위 갸루이면서 솜사탕 타입인 카노 미메이는 남자의 표적이 되기 쉬운 요소를 갖추고 있다.

날라리 남자에게는 쉬운 여자로, 음악에 빠진 남자에게선 자신의 취미를 이해해주는 여자로.

그 결과 카노 본인은 바라지도 않는 어장이 만들어진다.

그건, 좀 지옥이었다.

소위 밴드의 꽃인 카노를 두고 밴드 멤버끼리 물어뜯는 꼬락서니는 상당한 수라장이다. 남자의 자존심과 허세가 부딪치며 밴드의 분위기는 최악으로 치닫는다. 여기에 막상 카노 미메이는 둔감하다 보니 모든 사람에게 전혀 그럴 마음이 없다는 서글픈 엇갈림이 발생.

카노가 사랑하는 건 음악뿐이고, 연애에는 전혀 관심이 없다.

일방적으로 열을 올린 남자들만이 서로를 증오하다가 밴드가 공중분해나 마찬가지인 상태가 되어버렸다.

"그런데 왜 키스미가 작년에 매니저가 된 거야?"

"카노의 밴드는 1학년이면서도 경음악부에서는 명백하게 원톱의 실력을 지닌 존재라, 문화제의 메인 무대에서 주역 자리를 따 놨었거든. 그게 문화제 직전에 해체되면 귀찮아지잖아. 프로그램 인쇄도 끝났고, 솔직히 대역으로 세울 만큼 관객을 모을 수 있는 밴드도 없었어."

──재능이란 대체할 수 없다는 점에 가치가 붙는다.

예술, 표현의 세계에서는 유일무이한 재능이 무대에 섰을 때 압도적인 빛을 발한다.

카노 미메이는 그저 예쁘고 연주 기술이 뛰어난 것만이 아니다.

그녀가 무대 위에서 발하는 존재감은 누구도 흉내낼 수 없다.

"고작 고등학교 문화제인데?"

요루카가 그런 의문을 던졌다. 그 묘한 인과에 나는 소리 없이 웃었다.

"에이세이의 문화제가 대규모로 성장해서 발생한 폐해 중 하나야. 큰 규모의 프로젝트에는 돈이 들어가지. 들어간 예산은 제대로 회수해야 해. 그래서 홍보에 상당히 힘을 들였고, 광고 영상도 잔뜩 송출했어. 카노의 밴드를 보려고 오는 외부 손님에도 상당히 기대하고 있었지."

"언니의 여파가 여기에도."

요루카가 쓴웃음을 지었다.

"우리 아빠가 SNS에서 공유했더니 어마어마하게 퍼졌

거든."

카노의 화려한 외모와 고등학생 수준을 넘어선 실력은 사람들의 이목을 끌기에 차고 넘쳤다.

카노의 부모님은 둘 다 음악과 관련된 일을 하는 사람으로, 어릴 때부터 음악에 둘러싸인 환경에서 악기를 장난감 삼아 자랐다고 한다.

"그래서 내가 매니저가 되어 이래저래 조율했지."

나는 재능이 뛰어난 인간이 활약하는 무대를 빼앗기는 걸 용서할 수 없다.

나나무라가 농구부를 그만둘 뻔했을 때와 마찬가지다.

"이건 스미스미의 대단한 점이야. 그만두려고 했던 밴드 멤버를 한 명 한 명 설득해서 메인 무대에 세웠거든. 그렇지? 스미스미!"

"나는 그 녀석들의 짝사랑 이야기를 듣고 제대로 마음을 정리하게 도운 것뿐이야. 그 후에 한 번만 더 의리를 보여 달라고 설득했지. 사랑은 이뤄지지 않았어도, 고등학교 때 최고의 라이브를 할 기회는 남아있다면서."

나는 자신을 표현할 수 있는 수단을 지닌 사람이 부럽다. 채 소화할 수 없는 감정을 말이 아닌 다른 방법으로 발산한다. 이 부실에 들어왔을 때 카노 미메이가 했던 그것처럼. 희로애락을 소리에 실어 해방한다. 연주를 마친 순간 카노가 보이는 개운한 얼굴은 언제 봐도 인상적이다.

"그 라이브는 고등학교 문화제 수준을 완벽하게 뛰어넘

었지. 대단했어. 나 감동했다고."

미야치는 한 명의 관객으로서 열렬한 감상을 늘어놓았다.

카노 미메이의 음악적 센스나 연주 실력에 주위가 끌려 갔기 때문일까. 작년 메인 무대 라이브는 프로와 견줄 수 있을 만큼 모두 대단한 수준을 보여주었다.

"히나카는 맨 앞줄에서 들어줬지. 고마워."

"──그래서, 작년 문화제 때 나왔던 밴드는 어떻게 됐어?"

나는 기간 한정 매니저였기 때문에 그 후 활동 상황까지는 자세히 파악하지 못했다.

"결국 바로 해체했어."

"그럼 올해 해체했다는 밴드는."

"응, 다른 사람들. 어째서인지 다들 싸우다가 그만둔단 말이지. 왜 그럴까. 나는 즐겁게 연주할 수 있다면 그걸로 충분한데."

자각이 없는 밴드 파괴자는 진심으로 신기해했다.

"내가 작년에 조금 더 행동거지를 조심하라고 경고했잖아."

"뭐야, 세나키스 너무해. 나 때문이 아니라니까? 분명 음악성의 차이 같은 거겠지."

"하하하, 농담은. 오히려 여자 취향만큼은 다들 일치했잖아."

나는 마른 웃음을 흘릴 수밖에 없었다.

"아무튼, 스미스미. 메이메이가 잘못한 건 아니잖아."

"정말 칼부림이 안 난 게 기적이지."

"누군가가 화내려고 하면 다른 누군가가 메이메이를 지키려고 하거든."

미야치는 난장판이 될 뻔한 현장을 몇 번 목격한 모양이었다.

"그야 적반하장으로 화를 내봤자 자기가 미움받아서 연적의 주가를 올려줄 뿐이잖아."

주변 남자가 아무리 좋아해봤자 음악에만 관심을 보이는 카노 미메이는 조금도 눈치채지 못한다.

최종적으로는 싸워서 헤어지거나, 상호 감시하는 긴장 상태에 지쳐서 밴드를 떠나는 거겠지.

"일방적으로 관심을 받는다는 것도 힘들어."

요루카는 자신의 처지와 겹쳐보고 카노를 동정했다.

"즉 현재 0부터 새 멤버를 모집할 필요가 있다?"

"응."

대답만큼은 100점 만점이구나, 카노.

"힘내. 응원은 할게."

나는 자리에서 일어났다.

"세나키스, 잔인해! 친구를 버리는 거야?"

"나는 천재 타입인 사람과는 적당한 거리를 유지하고 싶거든."

"뭐야. 칭찬한다는 건 받아들인다는 소리?"

"지나치게 행복회로를 돌리는 거 아니냐……."

이런 어리바리한 구석이 인간 자석이 되는 원인이자 위

험한 부분이기도 하다.

"정정할게. 나와는 약간 타입이 다른가 봐."

"오히려 요루카와는 정반대야."

신중한 요루카가 남을 멀리하는 경향이 있는 것과 달리, 생각이 없는 카노는 누구에게나 과하게 열려 있다.

"오, 나 그렇구나?"

자각 없는 카노가 남 일인 양 중얼거렸다.

"경음악부에서 오디션이라도 열고 찾으면 되잖아. 문화제 때만 하는 즉석 밴드라도 카노가 있다면 충분히 모양새는 나."

나는 먼저 현실적인 제안을 했다. 달성해야 할 목표는 작년과 다를 게 없다.

중요한 건 밴드로 공연하고 싶은 카노 미메이를 문화제 무대에 세우는 것이다.

그녀가 수긍할 수 있는 멤버로 무대 위에 선다면 반드시 성과를 낸다.

고정 멤버로 이루어진 밴드가 아니어도 실력이 좋은 학생을 모은다면 메인 무대에 문제는 없을 터이다.

"경음악부는 어려울지도. 다들 메이메이를 존경해서 오히려 선을 긋거든. 게다가 자기들 밴드만으로도 버거운 것 같아."

미야치의 안색을 보니 힘든 모양이다.

카노 미메이는 사랑받는다.

카노가 기타를 연주하는 동안 부원들이 복도에서 걱정하며 기다리는 걸 봐도 그녀를 떠받들고 존경한다는 건 틀림없다.

"나는 잘하고 못하고는 신경 안 쓰는데."

"외부에서 도우미를 부르는 건?"

요쿠타가 의견을 냈다.

"어디까지나 고등학교 문화제잖아. 나올 수 있는 건 에이세이의 학생뿐이야."

"그럼 교내에서 경음악부 말고 악기를 연주할 수 있는 사람을 찾을 수밖에 없네."

"어쩐 일이야? 요루카. 협력적이잖아."

"카노의 무대는 나도 보고 싶으니까. 그래서 구체적으로는 어떤 악기를 연주할 수 있는 사람이 필요한 거야?"

"뭐든 괜찮아. 나는 뭐든 다룰 줄 아니까, 부족한 파트를 채우면 돼."

"뭐든 다룰 줄 안다고?"

카노의 말을 이해하지 못한 요루카가 되물었다.

"요루요루. 메이메이는 기타 말고도 어지간한 악기는 다 연주할 줄 아는 대단한 사람이야."

"베이스나 드럼도?"

"응. 보여줄까?"

베이스를 잡자마자 표정이 바뀐다.

솜사탕처럼 보들보들하던 분위기가 다른 사람이 된 듯

날카로운 얼굴로 돌변.

거기서부터는 카노 미메이의 원맨쇼가 시작되었다.

베이스를 지지징 연주한다 싶더니, 드럼으로는 경쾌하면서도 정확한 리듬을 만들어낸다.

"밴드를 만드는 게 아니라 아예 혼자서 무대에 서면 되는 거 아니야?"

재주가 과한 카노를 보자 나는 무심코 뇌를 빼버린 소릴 해버렸다.

"싫어. 다른 사람이랑 같이 연주하니까 재미있는 거라고. 혼자서는 못 찾으니까 세나키스를 부른 거야. 괜찮은 사람 없어?"

카노는 순한 성격이지만 음악과 관련되면 완강하다.

제대로 직접 수를 써본 후에 나를 부른 노력은 인정해야지.

카노 미메이는 어디까지나 밴드를 꾸려서 연주하는 걸 원하는 모양이다.

"드럼이라면 괜찮은 사람 있을지도."

"세나키스, 가르쳐줘!"

"학생회장인 하나비시."

"그 요란한 학생회장?" "어? 하나비시?!"

요루카와 미야치는 나란히 의외라는 듯 놀랐다.

그 녀석의 집에 놀러 갔을 때 드럼 세트를 갖춰놓은 걸 봤다. 스트레스 해소를 위해 두드린다면서 들려준 적이 있는데, 그 실력이 제법 좋았다.

"그럼 그 사람에게 부탁해봐야지."

카노는 바로 적극적으로 나왔다.

"문화제 당일에 학생회장이 무대에서 라이브를 할 여유는 없을걸."

"그렇구나……. 그럼 어쩔 수 없지."

금방 포기한다. 정말 악기만 다룰 줄 안다면 누구든 상관없는 모양이다.

"아, 더 현실적인 후보가 한 명 있네."

"누구?"

미야치가 기대에 가득한 눈으로 대답을 기다렸다.

나는 옆에 앉아있는 내 연인을 가리켰다.

"어? 나?! 못 해. 못 한다고."

"요루카의 피아노 실력은 내가 보장할게."

"좋은데! 먼저 소리를 맞춰보자!"

카노는 주저없이 요루카의 손을 잡고 키보드 앞으로 끌고 갔다.

손과 손이 닿은 순간 요루카는 흠칫 놀란 표정을 지었다.

당황하는 요루카 옆에서 카노가 기타를 잡았다.

"자, 간다."

카노가 기타를 치기 시작했다.

요루카는 어쩔 수 없이 키보드에 손가락을 올리고 기사 소리에 맞춰서 선율을 연주했다.

사전 연습도 없이 들어간 돌발적인 세션.

하지만 역시 요루카. 이 기타와 건반의 앙상블은 꽤 좋았다.

"요루요루, 잘한다."

마찬가지로 미야치도 감탄했다.

나는 몰래 스마트폰을 꺼내 연주하는 광경을 촬영했다.

요루카는 연주에 집중해서 눈치채지 못했다.

진지한 옆얼굴은 무척 아름답다.

요루카의 손가락이 건반 위로 경쾌하게 미끄러진다.

카노는 요루카를 살피면서 조금씩 기타의 리듬을 빠르게 올렸다.

요루카도 소리의 변화를 민감하게 감지하고 거기에 맞췄다.

리드하는 카노는 시험하듯이 요루카를 자꾸 휘둘렀다.

거기에 뒤처지지 않고 따라붙는 요루카도 무척 즐겁다는 표정이었다.

나는 귀를 기울이며 즐거워 보이는 연인의 표정에 매료되었다.

연주가 끝났다.

요루카는 어딘가 어안이 벙벙한 얼굴이 되어 연주의 여운에 잠겼다.

카노는 기타를 건 채 요루카에게 달려가 두 손을 붙잡았다.

"나 아리사카와 무대에 서고 싶어! 부탁이야. 밴드 멤버가 되어줘."

"어? 어? 남들 앞에서 연주하는 거잖아?! 못 해!"

"제발! 아리사카와 같이 소리를 맞추는 동안 굉장히 기분 좋고 재미있었어! 누구든 괜찮은 게 아니야. 나는 아리사카와 연주하고 싶어!"

뭐냐. 사랑 고백이냐.

요루카의 얼굴도 어쩐지 내가 고백했을 때와 비슷하게 상기된 것처럼 보였다.

내 연인은 카노의 직설적이고 열렬한 구애에 어떻게 대답해야 할지 난감해하는 모양이었다.

다만 카노의 멘트가 적절했다.

요루카의 연주 실력을 평가한 게 아니라, 세션했을 때의 필링이 결정타였다고 말하고 있으니.

"나는 건반밖에 못 치는데……."

"아리사카가 들어오면 건반에 맞춘 편성의 밴드를 만들게. 그 정도로 좋아!"

카노는 눈을 반짝반짝 빛내며 요루카를 끌어들이려 했다.

"어, 어쩌지? 키스미."

"나는 해 보는 걸 추천해."

"왜?"

내가 찬성하는 게 의외였던 건지 요루카는 이유를 듣고 싶어 했다.

"평소 요루카였다면, 싫을 때는 단호하게 거절하잖아. 즉답하지 못한다는 건 해 보고 싶다는 마음이 있는 것 같은데."

"나도 같은 의견이야! 요루요루, 메이메이와 연주할 때 굉장히 즐거워 보였어!"

나와 미야치가 나란히 등을 떠밀자 요루카는 한층 고민하기 시작했다.

하필이면 문화제 메인 무대. 수많은 사람이 보러 온다.

남에게 주목받는 것을 아주 힘들어하는 요루카에게는 터무니없는 고행일 것이다.

하지만 미야치도 말했듯, 연주할 때의 요루카는 즐거워 보였다.

영락없이 혼자서 피아노를 치고 만족하는 타입인 줄 알았는데, 카노와 세션하던 때의 얼굴은 아리사카 가의 거실에서 연주할 때보다 훨씬 생기가 넘쳐 보였다.

"……못 해. 나는 아는 사람 앞에서밖에 못 쳐. 무대에선 모르는 사람들이 많이 보러 오잖아."

요루카가 소극적으로 주장했다.

"아리사카, 무대에 서는 건 누구나 긴장해. 하지만 내가 옆에 있잖아. 혼자가 아니니까 안심해."

카노는 운명의 상대를 발견했다는 듯 요루카의 손을 놓지 않았다.

"아니, 하지만."

"구체적으로 뭐가 불안한 거야? 가르쳐줘. 내가 할 수 있는 거라면 해결하고, 최대한 노력할 테니까."

"모, 모르는 사람과 밴드를 제대로 해낼 자신도 없어."

"그럼 아는 사람과 하자! 히나카가 보컬하고 세나키스가 기타 해."

카노의 엉뚱한 제안에 이번에는 나와 미야치의 말문이 막혔다.

"히나카는 노래 잘하잖아. 세나키스도 작년에 우리랑 같이 있을 때 기타 샀고."

좋은 아이디어가 떠올랐으니 이걸로 전부 해결되었다는 양 카노는 회심의 미소를 지었다.

"히나카가 노래를 잘하는 건 노래방 가서 알았는데, 키스미가 기타를 칠 줄 알았다니 처음 들어."

요루카는 기대를 담은 눈으로 이쪽을 보았다.

"장난감 수준이야. 도저히 문화제에서 보여줄 수 있을 만한 실력이 아니라고."

내 방에 있는 기타는 사실 작년 카노의 매니저를 하던 때 촉발되어서 산 것이었다.

기본적인 코드를 잡을 수 있게 된 정도로, 아무리 생각해도 카노나 요루카의 발을 잡을 게 뻔하다. 무엇보다 최근엔 요루카와 데이트하느라 바빠서 기타를 전혀 건드리지 않았다.

"여름방학이 막 시작되었잖아! 지금부터 연습하면 돼!"

카노는 낙천적으로 단언했다.

"그렇게 쉽게 되겠냐!"

"아리사카를 위해서잖아."

재능 있는 녀석들의 말을 믿으면 안 된다. 범인의 평범함을 얕보지 말라고. 한 가지 기능을 습득하려면 그에 맞는 시간과 노력 없인 요령 하나도 파악하지 못한다.

"매니저보다 난이도가 올라갔거든?"

"으음, 나도 솔직히 안 내켜. 이런 건 하고 싶은 사람이 해야 한다고 보고……."

나도 미야치도 하겠냐고 묻는다면 대답하기 곤란하다.

요루카가 밴드에 참가한다면 매니저 정도는 받아들였겠지만, 내가 멤버가 되는 건 사정이 달라진다.

"학교 안을 뒤져보면 밴드로 한 방에 튀어서 인기 끌고 싶은 녀석은 얼마든지 있을 거야."

"그런 경박한 사람은 대부분 바로 나가떨어지니까 못 믿어. 아는 사람이 더 안심이야."

역시 경음악부. 그런 종류의 인간은 썩어날 정도로 많이 본 모양이다.

"히나카가 보컬, 세나키스가 기타니까 내가 베이스 칠게. 여기에 아리사카의 키보드, 그리고 드럼이 있으면 완벽해. 으음, 올해의 문화제는 승리한 거나 마찬가지야."

"그 즉석 밴드에서 승산을 찾아낼 수 있는 카노의 감각을 문외한인 나는 이해하지 못하겠어."

카노 미메이가 그리는 밴드의 이상에 나는 도저히 탑승할 수 없다.

카노 미메이의 음악적 재능이라면 인정한다. 작년에 가까이서 봤기 때문에, 그것만큼은 믿을 수 있다.

요루카의 유려한 피아노와 미야치의 미성이라면 걱정 없다.

하지만 문제는 나다. 나는 내 기타 실력을 믿지 못한다.

"어때? 아리사카. 분명 재미있을 거야. 그러니까 다 함께 밴드 하자!"

카노만은 일절 망설임이 없다.

"……좀, 생각할 시간을 줘."

요루카는 고민에 고민을 거듭한 끝에 쥐어 짜내듯 이렇게 대답했다.

"대답은 여름방학 끝나기 직전까지 기다릴게. 하지만 세나키스의 연습시간은 많은 게 나아."

그런 카노의 말을 끝으로 우리는 경음악부 부실을 뒤로 했다.

매니저를 거절하려고 했는데, 오히려 밴드 멤버 제안을 받고 말았다.

"우, 우선 메이메이는 이제 괜찮아. 다른 멤버를 어떻게든 찾기로 했으니까."

미야치가 복도에서 기다리던 부원들에게 선언하자, 다들 안심한 듯 어깨에서 힘을 뺐다.

"그렇게 걱정되면 누군가 서포트 멤버로 들어가면 되지 않아?"

내가 무심코 중얼거린 말에 한 남학생이 대표로 대답했다.

"카노 선배는 누구보다 음악에 진지하니까요. ……카노 선배의 밴드 멤버는 다들 잘하는 사람들이었어요. 그런 사람들도 무리였는데 미숙한 저희로는 감당할 수 없죠."

"카노는 상대방의 실력 같은 건 신경 안 쓰잖아."

그녀가 중요하게 보는 건 같이 음악을 즐길 수 있는지 아닌지다.

"……하지만 밴드가 해체될 때마다 조금 전처럼 기타를 치는 모습을 몇 번이나 봤는걸요. 어중간한 건 실례예요."

그들 나름의 성실한 태도에 외부인인 나는 아무런 대꾸도 할 수 없었다.

카노가 음악에 진지하기 때문에 밴드가 해체되어 상처받는 모습을 부원들은 가까이서 봐 왔다.

존경하고 카리스마를 숭배하기 때문에 가벼운 마음가짐으로 카노를 대할 수 없는 모양이다.

아니면 같이 밴드를 맺었던 과거 멤버와 같은 전철을 밟고 카노와 결렬하게 될지도 모른다는 두려움도 있을지도 모른다.

"그럼 카노를 따라잡을 수 있게 더 연습해. 걱정만 하지 말고."

"저희는 카노 선배처럼 재능이 있는 건 아니니까요."

처음부터 차이가 너무 난다고 포기하는 부원들의 모습에 나는 묘한 갑갑함을 느끼고 말았다.

셋이서 복도를 걸으며 카노의 제안에 대해 이런저런 의견을 교환했다.

"……음악은 필링도 중요하니까, 메이메이가 저렇게 열심히 꼬드기는 건 요루요루의 연주가 심금을 울렸기 때문이 아닐까."

카노와 친한 미야치는 거절하는 게 마음이 불편한 모양이다.

"카노의 손가락, 아주 단단했어. 손톱도 짧고. 제대로 음악하는 사람의 손이었어."

"요루카. 솔직히 어떻게 생각해?"

"카노와 연주하는 건 나도 즐거웠어. 히나카와 키스미가 참가해준다면 든든하지만, 역시 문화제에 나가는 건……."

밴드를 하는 것과 남들 앞에서 연주하는 것은 요루카에겐 완전히 다른 문제인 모양이다.

우리는 1층으로 내려와 안뜰을 지나가던 도중 자판기에서 마실 것을 사던 나나무라와 마주쳤다. 연습이 끝난 직후인지 목에 수건을 걸고 있다.

"뭐야, 다들 모여서. 시간 있으면 체육관에 오지 않을래?"

　나나무가 정식 연습 후에도 혼자 남아서 연습한다는 건 알고 있었지만, 여름방학에도 그건 변함이 없는 모양이다.

　지금 체육관은 우리가 통째로 빌리다시피 한 상태다. 스미스미는 교복을 입은 채 드리블과 슈팅을 하며 자유롭게 놀고 있다. 다른 쪽 골대에선 나나무가 3점 숏을 계속 연습하고 있다.

　나와 요루요루는 무대 위에서 그런 두 사람의 모습을 바라보았다.

　"여기에 히나카와 같이 있으면 구기대회가 생각나."

　"요루요루, 정신없이 스미스미를 응원했었지. '이겨라, 키스미──!!' 하면서."

　"흉내 내지 마."

　"요루요루도 그렇게 큰 소리를 낼 줄 알았구나! 하고 나 깜짝 놀랐는걸."

　"그건, 내가 경솔했어."

　그렇게 말하며 요루요루는 부끄러운 듯 고개를 숙였다.

　"뭐 어때. 좋아하니까 대담해져도 되잖아."

　"……뭐, 그때 어영부영 처음으로 키스미를 키스미라고 부르긴 했는데."

　"오. 그때까진 아직 세나라고만 불렀구나."

"그야 연인이라는 느낌이 나서 긴장되잖아. 사귀는 것도 숨기고 있었고."

풋풋한 에피소드를 들으며 나는 히죽 웃었다.

요루요루의 응원 덕분에 스미스미의 숏이 들어가 2학년 A반이 역전승.

숏을 넣고 주저앉은 스미스미를 보고 나는 영락없이 승리의 여운에 잠겼기 때문인 줄 알았다.

하지만 다들 신이 난 가운데 요루요루만이 스미스미의 부상을 알아차리고 코트에 뛰어들었다.

──같은 장소에서 같은 것을 보고 있었는데, 아리사카 요루카가 훨씬 진지하게 그만을 보고 있었다.

그 순간 '아, 이 애는 세나 키스미를 진심으로 좋아하는구나' 하고 받아들일 수 있었다.

봄방학 때 스미스미에게 고백했다가 차인 뒤 정리가 되지 않은 채 어딘가 허공에 붕 떠 있던 내 마음은 그때부터 웃음이 나올 만큼 가벼워졌다.

딱히 실연의 아픔이 갑자기 사라진 건 아니다.

그래도 보건실로 향하는 스미스미와 요루요루의 뒷모습을 보며, 순수하게 잘 어울린다고 생각할 수 있게 될 정도는 되었다.

"처음은 무슨 일이든 긴장되고 부끄러운 법이야."

"히나카. 나를 유도하려는 거야?"

역시 요루요루. 예리하구나.

"응. 메이메이와 밴드 해주면 나도 기뻐."

"나 말고, 히나카야말로 참여하지 그래?"

"나는 됐어. 보기만 해도 충분해."

"하지만 노래는 누가 들어도 잘하고, 경음악부에 자주 놀러 가잖아."

"나 같은 게 무대에 나가봤자."

"그렇지 않아! 전혀 그렇지 않아!"

요루요루는 강한 어조로 말하며 나를 향해 몸을 돌렸다.

"왜 그래? 요루요루……."

"나도 놀랐지만, 솔직히 카노와 함께 연주하는 건 재미 있었어."

"연이 있었던 게 아닐까?"

"……남에게 휘둘리는 건 싫어하는데, 카노의 기타에 맞 춰가는 건 아주 즐거웠지."

이런 식으로 속내를 털어놓다니, 친구로서 신뢰한다는 느낌이 들어서 나는 기뻤다.

"자기 마음에 솔직해지면 되잖아. 의외로 무대에 서면 쳐다보는 것도 신경 쓰이지 않게 될지도? 무슨 일이든 경 험이야."

"하지만 이 커다란 체육관이 전부 사람으로 채워지는 거 잖아?"

"응. 작년엔 꽉 찼어."

우리는 당일의 풍경을 상상해봤다.

지금은 스미스미와 나나무밖에 없으니 텅텅 빈 이 넓은 공간이 수백 명의 인파로 바닥이 보이지 않게 된다.

무대에서 연주한다는 건, 그 수백 명의 시선을 받는다는 소리다.

"나는 긴장해서 목소리가 안 나오게 될 것 같아."

"그게 히나카가 하기 싫은 이유야?"

"응. 나는 키가 작아서 툭하면 얕보여. 조금만 실수해도 금방 놀려대지. 나중에 사과받아도 마음의 상처까지 사라지는 건 아니잖아. 그런 거에 반항하는 의미로도 이렇게 화려하게 꾸미기 시작한 거야."

겉모습을 화려하게 꾸밈으로써 마음을 무장한다.

그렇게 약한 나를 지켜왔다.

"나는 노래하는 거 좋아해. 아주. 그러니까 그 좋아하는 노래를 누가 비웃는 건 싫어."

"히나카……."

"그러니까 미안. 나는 같이 노래할 수 없어."

사람이 없는 체육관에서는 내 드리블 소리가 잘 울린다.

요루카와 미야치는 무대 위에서 잡담. 나는 내키는 대로 드리블도 하고 슛도 던지며 놀고 있다.

나나무라는 농구공이 가득 담긴 바구니를 옆에 두고 묵묵히 3점 슛 연습을 하고 있었다.

아웃사이드에서 넣는 슛을 어려워하던 나나무라.

백발백중까지는 아니어도 예전보다 3점 슛 성공률이 확 올라간 모양이었다.

"3점 슛 늘었네. 이렇게 많이 들어가면 구기대회에서도 날리지 그랬어."

"이렇게 들어가게 된 건 최근이야. 봄에는 아직 불안정했고, 구기대회는 세나에게 스포트라이트를 몰아준 거야. 덕분에 활약했잖아?"

"말은. 하지만 어려워했었는데 대단하네."

"그만둔 누구 씨가 맡긴 게 있으니까. 그 녀석 몫까지 활약해야 하는 이상 3점 슛 정도는 넣을 수 있게 되어야지."

슛을 날리는 것과 동시에 누구보다 자신가인 남자가 아주 닭살 돋는 소릴 했다.

아나나 다를까 공이 골대에 맞아서 성대하게 튕겨 나갔다.

"……패스 정도는 던져줄게."

"어, 그래라."

공 바구니를 끌어온 나는 떨어진 위치에서 나나무라에게 패스했다.

패스를 받고 재빠르게 자세를 잡은 뒤 슛.

나나무라조차 이 심심한 반복연습을 끊임없이 거듭하여 간신히 3점 슛 성공률을 향상시켰다.

"그런데 경음악부에 불려 가다니, 올해도 미메이가 매달린 거야?"

연습을 마치고 수건으로 땀을 닦던 나나무라가 문득 생각났다는 듯 물었다.

"역시 전남친. 잘 알잖아."

"그건 노카운트야."

내가 놀리자 나나무라는 벌레 씹은 듯한 표정이 되었다.

"나도 카노가 나나무라의 전여친이라는 말을 듣고 깜짝 놀랐어. 그렇게 착한 사람에게 나쁜 짓을 했다면 나나무라를 경멸할 거야."

무대 위에서 요루카도 대화에 끼어들었다.

아무래도 평소 행동 때문에 헤어진 원인이 나나무라에게 있다고 생각하는 모양이었다.

"아리사카, 그건 오해야. 그야 내가 먼저 고백해서 사귄 건 사실이지만. 그래도 연인다운 건 진짜 하나도 없었어."

"하나도 없었다고?"

연애 경험이 풍부한 나나무라의 변명을 요루카는 영 믿

지 못하는 듯했다.

"미메이는 예쁘긴 한데, 연애 적성은 밑바닥이었거든. 우선순위 1위가 음악이고, 그거 말고는 뭐든 상관없다는 느낌이 어마어마해. 놀러 가자고 해도 일정이 안 맞지. 경음악부로 만나러 가면 주변 놈들이 짜증 나게 쳐다보지. 뭐, 나도 농구부에서 이런저런 소동이 있을 때였으니 거의 자연소멸이었어. 깔끔하게 정리하려고 직접 만나서 헤어지자고 했더니 '알았어~'라는 한마디로 끝이었다고! 왜 OK했던 건지 아직도 수수께끼야……."

"흐응~ 나나무라에게도 그런 일이 있구나."

요루카는 공부가 되었다며 감탄했다.

"아니, 아리사카. 평소의 나였다면 말도 안 되는 일이거든? 기본적으로 후보가 널린 상태야. 바빠서 몸이 하나로는 부족할 정도니까──."

"아, 괜찮아. 나는 키스미 말고는 관심 없으니까."

요루카는 가볍게 흘려 넘겼다.

"세나! 네 여자친구 남에게 쌀쌀맞게 대하면서 염장을 질러!"

"하하, 서로 좋아한다는 건 참 멋진 일이구나."

나는 나나무라를 향해 우쭐거렸다.

"젠장. 여름이라고 정신이 빠져서는."

"무슨 소리야. 여름과는 상관없어. 나는 언제나 요루카에게 빠져있다고."

"키스미……."

요루카는 기뻐하며 싱긋 웃었다.

"놀라울 정도로 닭살 커플이네."

미야치도 놀리듯이 웃었다.

"아, 그래그래. 영원한 사랑이라도 맹세하고 평생 그렇게 살아라."

나나무라는 항복이라는 양 두 손을 들었다.

"영원한 사랑이라니 아름답구나. 나는 응원할게."

그때, 학생회장 하나비시 키요토라가 체육관에 나타났다.

"어라? 하나비시. 아직 학교에 남아있었구나."

"들었어, 세나. 나를 위해 벌써 경음악부에 갔었다면서. 역시 유능한 남자는 행동력이 좋구나."

경음악부 건을 대체 어디서 들은 걸까. 하나비시의 정보수집 능력에 나는 혀를 내둘렀다. 역시 학생회장이라고 해야 하나.

"아니, 딱히 하나비시를 위해서가 아니고…… 잠깐, 하나비시. 너 카노 밴드가 해체했다는 거 알고 있었지? 그래서 올해도 나를 무대 담당으로 꽂은 거고."

나는 뒤늦게 하나비시의 꿍꿍이를 알아차렸다.

"미메이와는 같은 반이었으니까. 나 나름의 엄호사격인 셈이야. 미메이의 밴드에는 관중을 끌어모으는 파워가 있어.

문화제 실행위원회로서는 반드시 메인 무대에 세워야 해."

"진짜 그런 점은 철저하구나."

"나는 학생회장으로서 모두가 기뻐하도록 지휘하는 것뿐이야."

"나는 안 기뻐."

"얼버무리지 않아도 괜찮아. 나와 세나는 동족이잖아."

표준남인 나와 전교 3등의 미남 학생회장의 어디가 동족이라는 거냐.

늘 표표하고 이쪽의 말을 듣는 건지 안 듣는 건지 알 수 없는 하나비시는, 동시에 알쏭달쏭하고 의미심장한 발언을 즐긴다. 말의 윤곽을 애매모호하게 흘려서 받아들이는 쪽에 해석을 맡기는 식이다.

"그보다 들어줘, 세나. 아사키에게 같이 점심을 먹자고 했는데 중간에 돌아가 버렸어."

"돌아갔다고? 아사키에게 급한 용건이라도 생겼나?"

"고백했더니 화내던데."

하나비시는 '어째서일까?'라는 듯 의아해하는 얼굴로 흘려들을 수 없는 소릴 했다.

""""고백?!""""

하나비시가 너무나 담백하게 말하는 바람에 우리 네 명은 동시에 소리쳤다.

"얼음처럼 차가운 반응이었어. 어디 아프기라도 한 걸까?"

"역시 키요토라. 내추럴하게 대담하구나."

미야치가 중얼거렸다.

"나는 응원할게!"

요루카가 말했다.

"아하하. 하나비시. 안 됐구나. 하세쿠라에게 미운털 박혔어!"

나나무라는 적장의 목이라도 베고 돌아온 것처럼 희희낙락했다.

"시끄러워. 나나무라. 이래서 품위 없는 남자는."

"짝사랑 수고! 조금은 현실을 깨달으라고."

와일드 타입의 운동선수와 왕자님 타입의 미소년은 시선을 나눴지만 바로 고개를 돌렸다.

평소엔 온화한 하나비시도 나나무라에게만은 적대감을 드러낸다.

"키스미. 나나무라와 저 회장은 사이 나빠?"

요루카가 슬쩍 물어보았다.

"둘 다 인기가 많아서 서로 라이벌시하고 있어. 사귀고 났더니 어느 한쪽의 전여친이었다 같은 일도 흔한가 봐."

나나무라 류와 하나비시 키요토라.

이름에 용과 호랑이가 들어가는 녀석들끼리 용호상박처럼 얼굴을 보기만 하면 늘 으르렁거린다.

에이세이의 인기남 1위는 아직 정해지지 않은 모양이다.

"굳이 따지라면 그 갈대 같은 여자들이 더 신경 쓰이는데. 저 두 사람은 타입이 전혀 다르잖아."

"자랑할 수 있는 남자친구라면 누구든 상관없는 거 아니야?"

의문을 표하는 요루카에게 미야치가 툭 던졌다.

옆에서 벌어지는 거리낌 없는 대화를 들으며 지켜본 나나무라와 하나비시의 말다툼은 한층 뜨거워졌다.

"애초에 하세쿠라는 세나에게 고백했었다고."

잠깐. 난데없이 불똥이 튀었잖아?!

"이봐, 나나무라. 거짓말을 할 거면 조금 더 그럴싸한 걸 떠올려야지. 안 그래? 세나."

하나비시가 이쪽을 보았다.

나는 어쩐지 거북해져서 무심코 시선을 돌리고 말았다.

"어? 진짜? 아사키는 세나가 취향이었어? 거짓말이라고 해줘, 세나!"

하나비시는 믿어지지 않는다는 듯 손으로 얼굴을 덮었다.

아무래도 하나비시는 아사키를 진심으로 좋아하는 모양이다.

"아, 아무리 나라도 충격이야. 절친한 친구가 라이벌이 되는 비극, 심지어 상대가 세나라니. 하다못해 나나무라라면 봐 주는 일 없이 짓밟았을 텐데."

"짓밟히는 건 너고."

나나무라가 즉시 대꾸했다.

"하나비시, 진정해. 나에게는 요루카라는 연인이 있다고."

"아니, 괜찮아. 세나라면 그 아사키가 반하는 것도 무리가 아니지."

"마치 내가 대단한 녀석인 것처럼 들리는데."

"늘 그렇듯이 겸손하구나. 나는 세나를 인정해. 진심으로, 지금부터라도 학생회에 들어와 주길 바랄 정도야."

"그 이야기는 전에도 거절했잖아. 몇 번을 꼬드기든 대답은 NO야."

사실 1학기 때, 하나비시를 만날 때마다 학생회를 도와주지 않겠냐는 권유를 받았다.

물론 나는 요루카와 같이 있는 시간이 줄어들기 때문에 거절했다.

"아사키가 나를 거절하는 이유를 드디어 알았어. 그녀는 세나를 사랑하는 거구나."

"야, 하나비시. 너무 정확하게 찌르고 들어오지 마."

옆에서 요루카가 삐죽삐죽한 분위기를 내고 있거든요.

"걱정하지 마. 이유가 분명해진 덕분에 나는 오히려 개운해졌을 정도니까."

그 말대로 하나비시의 얼굴은 산뜻해 보였다.

"저기, 하나비시는 아사키를 진심으로 좋아하는 거야?"

미야치가 호기심을 보였다.

"내가 아사키를 좋아하는 게 의외야?"

"그야 하나비시라면 어떤 여자든 골라잡을 수 있잖아."

"물론 나는 두루두루 좋아해. 보면 즐겁고, 대화하면 기분이 고양되는 특별한 존재지. 그래서 친절하게 대하고.

이런 나에게 호감을 느끼고 고백하면 당연히 거절하지 못해. 하지만 그것과는 별개로 나도 사랑을 하니까. 그리고 진심으로 사랑에 빠진 상대에게는 마음을 전하지 못하는 법이지. 나도 참 서툴다니까."

"우와, 저질. 무지하게 예쁜 쓰레기다."

미야치는 웃었지만, 눈은 웃지 않았다.

"하나비시가 서툴다니, 대체 어디가……?"

나는 고개를 갸웃거렸다.

"이 녀석은 자기 쪽에선 일절 나서지 않는 타입이거든. 여자에게 고백받기만 해봤어. 그래서 본인이 접근하고 고백하는 걸 아주 못해."

나나무라는 어딘가 싸늘하게 설명했다.

같은 인기남이지만 본인이 적극적으로 접근하는 나나무라와는 스탠스가 정반대.

하나비시는 기다리다가 다가오면 받아들이기만 했을 뿐, 자발적으로 접근하는 일은 적다고 한다.

그런 나나무라의 해설을 듣고 나는 이해했다.

오늘 아침 하나비시가 아사키에게 보인 행동을 보면 확실히 그런 느낌이었다.

하나비시의 마음은 아사키에겐 일절 전해지지 않았다.

"연애는 선착순이 아니지. 상대방을 위하는 마음, 그리고 그 마음을 상대방이 받아들여 주는가 아닌가. 사랑에 승패는 없으니까."

하나비시는 자신의 연애관을 설파했다.

이 여유 넘치는 태도가 바로 인기남만 가질 수 있는 특권인 건가.

"바람둥이의 순애라니 성가셔라."

미야치는 이제 들을 마음도 없어진 건지 깔깔 웃으며 무시하겠다고 선언했다.

"나는 응원할게! 아니, 아예 빨리 하세쿠라 아사키와 사귀어!"

요루카의 눈은 진심이었다.

"고마워. 아리사카처럼 진심으로 좋아하는 상대의 마음을 사로잡은 사람의 응원은 무척 든든해."

하나비시는 요루카의 자존심을 추켜세우는 듯한 대답을 자연스럽게 돌려주었다. 이런 화술은 언제 들어도 훌륭하다.

이런 식으로 듣기 좋은 말을 들은 여자가 마음을 주게 되는 것도 이해가 간다.

"잘 말했어. 실패하면 학생회장 사임할 각오로 힘내!"

요루카는 단단히 당부했다.

"하하하, 세나. 아리사카는 대화해보면 아주 재미있는 사람이구나."

"그래. 자랑스러운 연인이야."

나는 가슴을 펴고 웃었다.

"맞아, 하나비시. 겸사겸사 상담할 게 있는데. 문화제 때 드럼 칠 생각 없어?"

"내가?"

"카노가 새 밴드 멤버를 찾길래 드럼 후보로 널 추천했어."

"세나의 부탁이라면 받아들이고 싶은 마음은 굴뚝같지만, 사전 연습을 포함한 일정을 확보하는 건 상당히 어렵지 않을까."

바쁘기 그지없는 학생회장의 대답은 한없이 NO에 가깝다.

"무대에서 멋있는 모습을 보여주면 하세쿠라도 마음이 바뀔지도 모르지."

"메이메이가 밴드로서 문화제 무대에 설 수 있게 해줘!"

자기들은 제쳐놓은 요루카와 미야치가 카노를 위해 권유했다.

"포기해. 진심이 아니라면 망신을 당할 뿐이야. 미메이가 어중간하게 기대했다가 실망하게 만들지 마."

나나무라는 부정적인 의견으로 우리의 설득에 찬물을 뿌렸다.

하지만 카노 미메이가 음악을 얼마나 진지하게 대하는지, 그리고 우리와 밴드를 하자는 아이디어가 나왔을 때의 기뻐 보이는 얼굴을 생각하면 나나무라의 말은 오히려 배려처럼 들리기도 했다.

"아직 여름방학은 막 시작했잖아. 조금 생각하게 해줘."

대답을 보류한 하나비시의 눈은 나나무라를 노려보고 있었다.

◇ ◇ ◇

학교에서 나온 아사키는 같은 세나회의 일원인 후배 유키나미 사유를 만났다.

카페에서 둘이 함께 점심을 먹는 중이다.

"와 줘서 고마워, 사유. 갑자기 불러내서 미안해."

"집에서 빈둥거리고 있었으니까 신경 쓰지 마세요."

"여름방학인데 외출은 안 해?"

"친구랑 놀러 다니긴 하죠. 하지만 부활동이나 아르바이트가 없으면 뒹굴거리는 편이에요."

"지금부터라도 다도부에 들어와. 사실 칸자키 선생님께 여쭤봤는데, 바로 승인해주셨어. 올해는 1학년의 입부가 적었거든."

아사키는 말이야 농담처럼 건넸지만, 마음은 진지했다.

"차기 부장으로서는 걱정되나요?"

"그것도 있지만, 사유가 다도부에 있으면 나도 즐거우니까."

"……솔직히 거북하고 새삼스럽다는 느낌도 있는데요."

"그런 것치고는 지루해 보이는데?"

"재미있어요. 좋아하는 드라마도 보고, 음악도 듣고. 대충 그런 느낌이죠."

그렇게 말은 하지만, 사유의 얼굴은 역시 따분해 보였다.

"연인이라도 만드는 건?"

"오랫동안 앓았던 짝사랑이 이제야 끝났는걸요. 연애는 당분간 됐어요."

"──사유, 털어냈구나."

아사키는 후배의 얼굴을 빤히 바라보았다. 표정이 퍽 성숙해진 것 같은 느낌이 든다.

"게다가 갑자기 연인이 생기면 키이 선배가 슬퍼할걸요."

"제법 말하는데?"

아사키는 환하게 웃었다.

유키나미 사유는 순조롭게 실연의 아픔에서 회복되고 있는 모양이었다.

"아사 선배야말로 오늘은 기분이 안 좋아 보이는데요. 한탄 정도는 들어드릴게요."

사유의 이런 눈치 빠른 면모를 아사키는 마음에 들어 한다.

"여름의 더위에 약해. 금방 현기증이 나거나 속이 안 좋아져."

"그거 큰일이네요. 하지만 지금은 시원한 실내잖아요?"

"아까도 학교에서 불편한 남자가 집요하게 말을 걸었거든."

"오, 아사 선배에게도 불편한 상대가 있었네요. 왠지 적과도 친하게 지내면서 자신의 말로 조종하는 이미지가 있었거든요."

얼마나 흉악한 이미지냐며 아사키는 떨떠름한 표정을 지었다.

"그래서, 그 불편한 남자는 누군데요?"

"학생회장인 하나비시."

"역시 아사 선배. 1등 신랑감이 노리고 있다니 대단하네요."

눈을 반짝반짝 빛내며 몸을 내미는 사유. 아사키는 체념하고 털어놓기로 했다.

"정확하게는, 고백받았어."

"헉. 진짜예요?!"

사유의 커다란 목소리에 가게 안의 시선이 일제히 모여들었다.

"너무 흥분했어."

"하지만 설마 했던 급전개잖아요. 프린스 키요토라는 아사 선배를 좋아하는구나."

"이 찌푸린 얼굴을 보면 결과는 알지?"

"아까워라. 그 미남 학생회장은 의사 집안이라 대단한 부자라고 하잖아요. 머리도 좋고, 차남이고, 장래가 유망해 보이지 않아요?"

"사유, 잘 아는구나. 의외로 가십을 좋아하는 편?"

"같은 반 친구들에게 들었어요. 참고로 그 애들은 다들 얼굴을 보고 투표했죠."

"그럼 사유라면 그 녀석과 사귈래?"

"연인은 장신구가 아니잖아요. 게다가 왕자님은 제 타입이 아니라서요."

사유는 담백하게 대답했다.

"취향이 확고하구나."

"오히려 아사 선배가 키이 선배에게 재도전하는 게 더 놀라워요. 더 깔끔하게 연애하는 타입인 줄 알았거든요. 아무튼, 프린스 키요토라의 고백에는 뭐라고 대답하셨어요?"

"당연히 거절했지. 뭐, 그쪽은 얼마든지 기다리겠다고 하면서 멋대로 장기전으로 들어갔지만."

"인기 많은 남자가 일편단심으로 좋아하다니 순정만화 같은 전개군요."

연애 스캔들이 주제라면 얼마든지 떠들어댈 수 있는 나이였다.

"순정만화는 픽션이니까 성립하는 거고."

"왜 프린스 키요토라는 안 되는데요?"

"자기가 사랑받는 게 당연하다고 생각하는 점이 아니꼬우니까."

"엄격해라. 하지만 좀 공감해요."

"그치?"

아사키는 아이스티로 목을 적신 뒤 작게 중얼거렸다.

"어떻게 해야 좋아하는 사람이 좋아해 줄까."

여고생 두 명은 동시에 한숨을 쉬었다.

"하지만 저와 아사 선배는 상황이 너무 다르잖아요. 저는 좋아하는 사람을 만나지 못하는 상태로 짝사랑했던 거지만——."

"이웃인데도 만나러 갈 용기가 없었던 게 아니고?"

"괴롭히면 돌아갈 거예요."

"화내지 마."

"……지금 아사 선배의 상황은, 좋아하는 사람이 다른 여자와 알콩달콩 지내는 걸 계속 봐야만 한단 말이죠. 그거 상당히 가혹하다고 보거든요."

바로 옆에 좋아하는 사람이 있는데, 자신의 마음을 상대가 받아주지 않는 괴로움은 잘 안다.

"그건 전국의 학교에서 사시사철 일어나는 일이야. 나만 고생하는 것도 아닌걸. 말하자면 전형적인 일본 여고생이지."

"그건 그럴지도 모르지만요."

중고생에게 현실적인 연애 대상이 되는 건 같은 생활권에 있는 상대방이 대부분이다. 긴 시간을 함께 보내는 같은 학교의 학생이 가장 대상이 되기 쉽다.

그러니 좋아하는 사람이 자신이 아닌 다른 이성과 친하게 지내는 모습을 보며 속앓이하는 중고생은 많을 것이다.

그런 경험은 누구에게나 있으리라.

그런 고통을 맛보고 싶지 않다면 같은 생활권에서 연애하지 않는 게 제일이다.

하지만 사랑하는 사람을 고를 수 있다면 고생하지도 않는다.

마음은 멋대로 움직인다.

"강하네요, 아사 선배."

"다행히 키스미가 거리를 두진 않으니까. 뭐, 무리하지 않고 가야지."

"느긋하네요. 이번 여름에 키이 선배와 요루 선배는 한 층 더 친밀해질 텐데요."

"으음, 그런 의미라면 최근 키스미는 뭔가 여유가 생겼 단 말이지. 분명 아리사카와 키스 정도는 했을 거야."

"어, 그런 거예요?!"

"내 감이지만. 남자는 그런 부분이 알아보기 쉽거든."

"아사 선배의 후각이 무시무시하게 예리한 거겠죠. 연애 기술이 너무 뛰어나요. 상대가 요루 선배가 아니었다면 쉽 게 빼앗았을걸요."

사유는 맞은편에 앉은 한 살 연상의 선배를 이렇게 틈만 나면 존경한다.

"어? 뭔가 오해하는 거 아니야? 나는 빼앗을 마음이 없 는데."

"네? 하지만…… 키이 선배를 좋아하시잖아요."

아사키의 의도를 알 수 없어 사유는 당황했다.

"나는 운명의 사랑이나 영원한 사랑 같은 낭만적인 건 믿지 않거든. 우리는 아직 고등학생이잖아."

"그 자신감은 어디서 오는 건가요?"

"자신감 같은 건 없어. 실제로 나는 한 번 물러났고."

봄에 교실에서 세나 키스미에게 고백한 아사키는 그 자 리에 나타난 아리사카 요루카의 진심에 압도당해 물러났 었다.

아무리 버텨봤자 그 아리사카 요루카를 상대로는 자신

이 악당이 된다.

그건 요루카가 나타난 순간에 보여준 키스미의 표정이 명백하게 말해주고 있었다.

그렇다면 현재의 양호한 친구 관계를 유지하며 다음 타이밍을 기다리는 게 무난하다.

아사키는 나름의 경험과 직감으로 그렇게 판단했다.

떠날 때, 이해해주는 척을 했던 건 최소한의 심술이다.

"그런데 포기하지 않는 건가요?"

"좋아하는 사람에게 연인이 생겼다고 내 사랑이 사라지는 것도 아니잖아."

자신의 선택은 틀리지 않았다.

그렇게 머리로는 선을 그었어도, 아사키는 역시 속상했다.

사유도 키스미에게 연인이 있었다는 사실에 충격을 받았다. 요루카에게 눌려버린 자신의 나약함에 화가 나기도 했다. 그날은 어머니가 걱정해서 살펴보러 올 정도로 방 안에서 난동을 피웠다.

다음 날의 연인 선언에는 내심 진심으로 열 받았다.

"네."

사유는 실제 체험에 비추어 긍정했다.

"그런 거야. 쉽게 포기할 수 없을 정도로는 진심이니까."

하지만 운 정도로 그를 좋아하는 마음이 식지는 않았다.

"구체적으로는 앞으로 어떻게 하실 건데요?"

"어떻게 할까? 사유, 뭐 좋은 아이디어 없어?"

아사키는 항복이라는 양 등받이에 몸을 기댔다.

"그런 비책이 있었다면 제가 써먹었죠."

"그렇겠지."

뜻밖에 천연덕스러운 아사키의 태도에 감화된 사유는 무심코 입을 열었다.

"설마 몸을 써서 억지로 돌아보게 할 생각은 아니죠?"

"그거 성공해도 그냥 키스미가 충동에 휘말린 것뿐이잖아."

논외라며 아사키는 바로 기각했다.

"그렇죠. 조금 안심했어요."

"……왜 사유가 그렇게 안심하는 거야? 혹시 직접 시도해봤다거나?"

"그럴 리 없잖아요!"

사유는 득달같이 부정했지만, 정곡이었다.

유키나미 사유는 세나 키스미의 마음이 자신을 향하게 하려고, 기정사실을 만들기 위해 키스하려고 든 적이 있었다.

"아무튼 아사 선배는 키이 선배를 아직 좋아하고. 하지만 구체적인 공략법은 없다는 거죠?"

사유는 대화의 흐름을 되돌리기 위해 상황을 정리했다.

"뭐, 새삼 조급해할 필요는 없지."

"태평하시네요. 여름방학은 긴 것 같으면서도 의외로 순식간에 끝난다고요. 저와 점심을 먹기보단 키이 선배에게 데이트라도 신청하는 게 낫지 않아요?"

"문화제 실행위원회 일이나 세나회가 있으니 자주 만날

수 있는걸."

"강철같네요. 그 기다리는 자세도 테크닉인 건가요?"

"글쎄. 그냥 시간 벌이?"

"질문에 질문으로 돌려주지 마세요."

"미안해. 뭐, 앞이 보이지 않는 짝사랑이니까 힘들 때도 많지. 하지만——."

아사키는 지금의 마음을 확연하게 말에 담았다.

"좋아하는 사람이 있다는 건 그것만으로도 즐겁잖아."

실연의 아픔이나 짝사랑의 고통은 아직 남아있다.

그래도 좋아하는 사람의 얼굴을 보면 기쁘고, 대화하면 즐겁다.

그렇게 사랑을 한다는 것 자체를 만끽하고 있다.

따라서 아사키는, 마음만큼은 신기하게도 긍정적이었다.

"역시 아사 선배는 강해요."

"저기, 키스미는 어느 수영복이 더 좋아 보여?"

사랑하는 연인이 웃는 얼굴로 그런 질문을 던진다.

이때 나는 나의 독점욕을 뚜렷하게 자각했다.

오늘은 8월 첫째 주, 여기는 패션 빌딩의 수영복매장.

세나회에서 가는 여행을 위해 오늘은 요루카와 수영복을 사러 왔다.

이곳 여성 수영복매장은 남성용 코너의 몇 배는 더 큰 면적을 차지하고 있으며, 상품의 종류도 어마어마하다. 다양한 디자인과 색색의 수영복에 눈이 부시다.

요루카는 이래저래 40분 가까이 고른 끝에 양손에 수영복을 하나씩 들고 나에게 의견을 구했다.

비키니 타입과 원피스 타입—— 둘 다 멋진 디자인이다.

우열을 가르기 힘든 두 개의 선택지를 앞에 두고 나는 맹렬한 갈등에 시달렸다.

왜냐하면 요루카가 입을 수영복이니까.

묻지도 따지지도 않고 두근거리는 것이 남자의 마음이라 할 수 있다.

솔직히 조금 더 섹시한 것도 보고 싶다.

하지만 동시에 요루카의 수영복 모습을 남들에게 보여주는 것도 싫다는 생각이 머리를 스쳤다.

아름다운 존재는 이목을 끄는 것이 세상의 섭리.

머리로는 어쩔 수 없는 일임을 이해하면서도, 그렇게 쉽게 받아들이진 못했다.

그래도 '더 노출이 적은 수영복이 낫지 않을까?'라는 말은 꾹 삼켰다.

어차피 미인이고 몸도 좋은 요루카는 어떤 수영복을 입어도 눈에 띈다.

이 넓은 매장 안에서 요루카가 마음에 든다고 고른 수영복이다.

내 독점욕을 이유로 안이하게 부정해서는 안 된다.

애초에 여성용 수영복매장이라는, 암묵적인 금남구역에 있는 것 자체가 좌불안석인데 요루카가 의견을 구하는 지금은 긴장을 아득하게 넘어서 버렸다.

요루카는 피부가 하야니까 햇볕에 타면 피부 관리도 고생이지 않을까. 그렇다면 비키니보다는 노출이 적은 원피스가 낫나?

아, 망했다. 한번 신경 쓰기 시작하니 사소한 것까지 걱정된다.

나는 매장 안에서 어느 수영복이 제일 좋을지 가만히 생각에 잠겼다.

"키스미, 그렇게 어려운 질문이었어?"

요루카는 내가 몹시 심각하게 고민하는 게 웃긴 모양이었다.

"어마어마하게 어려운 문제야……."

"고작 수영복에 너무 심각하긴."

"요루카. 솔직하게 말해도 돼?"

나는 마침내 백기를 들었다.

"말해."

"요루카라면 어떤 수영복도 잘 어울릴 게 뻔해."

나는 흔들림 없는 전제를 먼저 늘어놓았다.

"고마워."

"그렇기 때문에 빨리 정할 수 없어!"

"그 정도로 고민할 일이야? 내, 내 수영복 모습이라면 사진으로 봤잖아……?"

골든위크에 아리사카가가 해외에 가족여행을 떠났을 때, 언니인 아리아 씨가 몰래 나에게 사진을 보내주었다. 요루카의 황홀한 육체미를 절묘한 각도에서 찍은 그 사진은 나의 소중한 보물이다.

"사진과 실물은 완전히 다르다고!"

"그렇게 힘차게 대답할 필요는 없어."

"요루카가 입는 수영복이니까 고민하는 거잖아. 바다에서 볼 수 있는 건 한 벌뿐이라고. 나는 솔직히 둘 다 보고 싶어!"

그게 내 거짓 없는 진심이었다.

"뭘 진지한 얼굴로 바보 같은 소릴 하는 거야."

요루카는 황당해했다.

"하지만~."

"어쩔 수 없네. 그럼 실제로 입은 걸 보고 판단해줘."

"어?"

"잠깐 시착하고 올게. 모처럼 사는 거면 키스미가 좋아하는 쪽을 사고 싶어."

"──요루카. 시착실 앞에 남자인 내가 대기하는 건 문제 되지 않을까? 설마 같이 들어갈 수도 없을 테고."

아무리 그래도 좁은 공간에 단둘이라는 상황에서 알몸으로 갈아입는 여자친구를 앞에 두고 내 자제심이 버틸 수 있을까.

"그런 것까지 고민하지 않아도 되거든! 갈아입은 뒤에 사진 보낼 테니까 거기서 기다려."

요루카는 빠르게 시착실로 들어갔다.

얼마든지 기쁘게 기다려야지.

나는 마치 충성스러운 강아지처럼 얌전히 대기했다.

설마 요루카의 입에서 사진을 보고 비교하라는 제안이 나올 줄은 몰랐다.

애초에 요루카는 사진을 좋아하지 않는다.

내가 몰래 잠든 얼굴을 찍으려고 했을 때도 기척을 민감하게 감지했다. 싫어하는 걸 억지로 시킬 수도 없으니 사귀기 시작한 지 제법 지났는데도 요루카의 사진은 무척 적다.

그래도 최근엔 요루카도 조금씩 사진을 덜 싫어하게 되었다.

데이트할 때마다 사진을 찍고 서로에게 공유한다.

그렇게 서서히 늘어난 스마트폰 앨범을 보는 게 내 일과 이자, 행복을 느끼는 한때가 되었다.

"……늦네."

한참이 지나도 요루카에게서 사진이 오지 않는다. 수영 복매장에 남자 혼자 우뚝 서 있는 건 참으로 가혹하다. 우리보다 늦게 들어온 누님들이 이쪽을 쳐다볼 때마다 딱히 켕키는 것도 없는데 민망함을 느꼈다.

아무리 그래도 시간이 너무 걸리는 것 같아 나는 메시지를 보냈다.

키스미 : 요루카, 시간이 많이 걸리는데 괜찮아?

뭔가 문제라도 생겼어?

요루카 : 냉정해지고 나니 수영복 사진을 보내는 게 부끄러워졌어.

"이제 와서?!"

갈아입을 때까지는 괜찮을 줄 알았던 거겠지.

막상 시착실 거울 앞에서 스마트폰을 든 순간 정신을 차린 게 틀림없다.

"그만큼 들떠있었던 걸까."

요루카가 여행을 기대해주는 건 나에게도 기쁜 일이다.

키스미 : 어떻게 할래? 직접 정할래?

요루카 : 둘 다 입어본 느낌은 문제없었어.

둘 다 디자인이 좋아서 고민이야.

역시 키스미가 정해주지 않을래?

키스미 : 알았어. 여기로 돌아와.

둘 중 하나, 각각 장단점을 따져서 신속하게 판단하는 게 유능한 남자라고 할 수 있겠지. 아, 하지만 요루카는 둘 다 잘 어울릴 테니까 고민이네.

◇ ◇ ◇

실컷 고민한 끝에 간신히 쇼핑을 마친 우리는 그길로 오늘 데이트의 메인인 수족관으로 향했다. 나와 손을 잡고 있으면서도 요루카는 당장에라도 달려갈 듯 신이 나 보였다.

"저기 봐, 키스미! 물고기, 물고기가 많이 있어! 대단해! 정말 바닷속에 있는 것 같아!"

"어, 어어. 수족관이니까."

마치 바닷속을 달리는 터널처럼 어두운 통로 좌우에는 여러 개의 수조가 있다. 작은 창문만 한 사이즈부터 벽 한 면을 통째로 사용한 커다란 것까지 수조의 종류는 다양하다. 그 안에서 크기도 종류도 다양한 물고기들이 헤엄쳤다.

"……잠깐. 왜 은근히 떨떠름한 반응인데."

수조의 푸른 불빛을 받은 요루카가 눈을 흘기며 이쪽을 노려보았다.

"아니, 설마 수족관으로 요루카가 이렇게 흥분할 줄은 몰랐거든. 좀 놀랐어."

"뭐 어때. 수족관에 온 건 거의 처음이니까."

"어? 그랬어?"

"우리 집은 부모님이 해외를 돌아다니잖아. 그래서 의외로 이런 전형적인 장소에 데려와 준 적이 없어. 역시 고등학생씩이나 되어서 이렇게 좋아하는 건 이상한가?"

그렇구나. 아리사카가 나름의 사정이 있었군.

"마음껏 만끽해. 연인이 기뻐해 주는 게 제일 기쁘니까. 그야말로 데이트하러 온 보람이 있는 거지."

"뭔가 나만 즐기는 것 같아서 미안한데."

"신경 쓰지 마. 나는 요루카가 신이 난 얼굴을 보는 게 좋아."

여성의 특히 매력적인 표정은 세 가지의 H라는 게 나의 지론이다.

하나, 활기로 넘쳐날 때!

하나, 홍조를 띠며 부끄러워할 때!

하나, 후방조심 이야기를 하고 있을 때!

그러니 천진난만하게 신이 난 요루카의 얼굴을 바라보기만 해도 나는 행복해진다.

"그, 그래? 그럼 다행이지만."

"다행이지만?"

"왠지 내 표정을 하나하나 기억한다는 건 부끄러워."

쑥스러움을 숨기듯 요루카는 작은 수조로 고개를 돌렸다.

젠장, 옆에 있는 기둥이 방해해서 나란히 설 수 없잖아.

"아, 이 모래에서 얼굴을 내민 가느다란 물고기 이름이 얼룩무늬 정원 장어래. 재밌는 이름이네."

　요루카는 얼룩무늬 정원 장어를 가리키며 까르륵 웃었다.

"어? 뭐라고?"

"그러니까 얼룩무늬 정원 장어."

"한 번 더!"

"얼룩무늬 정원장, 어…… 뭔가 수상한 느낌이 드는데.(얼룩무늬 정원 장어를 일본어로 '칭아나고'라고 하는데, '칭'은 남자의 성기를 가리키는 속칭과 발음이 겹친다.)"

　놀린다는 걸 알아차린 요루카는 내 손을 놓고 **빠르게** 앞서 걸어갔다.

"미안해. 조금 장난친 거야."

"여기는 미술 준비실이 아니라고. 다른 손님도 있는데."

"다른 사람이 없으면 괜찮아?"

"그런 걸 일일이 확인하지 마."

"알았어. 그럼 이때다 싶을 때는 사양하지 않을게."

"요즘 갑자기 몸의 위험을 느끼는데."

"음, 여름이라서 그런가."

"키스미, 너무 들떴어!"

"그야 연인과 처음 맞은 여름방학인걸. 지금 들뜨지 않으면 언제 들뜨라고."

"지금도 물고기 보면서 기뻐하는 건 나뿐이었던 것 같은데."

"즐기는 방법이 조금 다른 것뿐이야. 봐, 저 커다란 새우를 먹으면 맛있을까?"

"여기는 초밥집의 활어조가 아니거든."

"어패류를 대상으로 한 어엿한 감상이라고."

"참나. 용케 그런 식으로 휙휙 이상한 카운터를 날리네."

완전히 탈선해버리자, 요루카도 반쯤 웃었다.

"소중한 연인을 기쁘게 해주고 싶어서 늘 필사적이거든."

"그렇게 애쓰다 보면 언젠가 지치지 않을까?"

요루카는 불현듯 멈춰서더니 뒤를 돌아 내 얼굴을 가만히 바라보았다.

"……하지만 요루카는 제대로 기다려줄 거잖아?"

"어?"

"좋아하는 사람이 나에게서 떨어지지 않고 옆에 있어 주는 건 더없이 고마운 일이야. 요루카는 그런 걱정하지 마. 나는 무리한 적 없어."

나도 진지하게 대답하며 살며시 요루카의 손을 잡았다.

지금 나와 요루카를 이어주는 건 서로 좋아한다는 마음뿐이다.

아무리 사랑을 속삭여도 우리는 고등학생이다. 서로의 마음 말고 다른 끈을 만들 수가 없다.

하지만 마음이라는 건 사소한 계기로 바뀐다.

지금 좋아한다고 말해주는 요루카의 마음이 내일이면 갑자기 식어버리는 일이 절대 없다고 단언할 수 없다.

지금 우리는 의심의 여지 없이 서로 좋아하는 커플이다.

그래도 이 불안이 완전히 사라지지는 않는다.

그러니 그때그때 상대의 마음을 확인하지 않을 수 없다.

"나를 잡아 당겨주는 건 늘 키스미야."

요루카는 불안을 잊고자 손을 조금 더 강하게 잡았다.

"그렇지 않아. 오히려 요루카는 자력으로 앞으로 나아가려 하는걸."

나는 문득 떠올라 스마트폰을 꺼냈다.

다른 손님을 방해하지 않도록 통로 구석에서 미메이와 세션했을 때의 영상을 요루카에게 보여주었다.

"어? 언제 찍은 거야?"

아니나 다를까, 요루카는 눈치채지 못했었다.

예전에는 자는 얼굴을 찍으려고 스마트폰을 들기만 해도 눈을 떴는데.

기척에 민감한 요루카가 그때 동영상을 찍는 걸 알아차리지 못했다는 사실.

"건반을 두드릴 때의 요루카는 무척 집중했었어. 이 영상은 시선을 싫어하는 요루카 씨가 가까이 있던 내 시선을 의식하지 않았다는 증거."

"갑자기 세션하게 되어서 머리가 새하얘졌던 것뿐이야."

"그런 것치고는 제법 멋진 세션이었는데. 나도 미야치도 마구 칭찬했고."

"…………."

"관심 있지? 밴드."

"없, 다고 하면 거짓말이지. 하지만 무리야."

"많은 사람이 쳐다보면 긴장하니까?"

요루카는 고개를 끄덕였다.

나는 옆에 있던 수조를 가볍게 똑똑 두드렸다.

물속을 우아하게 헤엄치는 물고기는 내 행위를 거들떠보지도 않았다.

"이 수조 속에 있는 물고기는 매일 수많은 인간이 쳐다보지만, 분명 그런 건 별로 신경 안 쓸 거야. 아가미로 호흡하며 사는 것 말고는 관심이 없고, 그걸로 충분하니까."

"나는 물고기가 아닌걸."

"요루카는 자신의 연주와 밴드 멤버의 소리에만 집중하면 된다는 뜻이야. 무대와 객석의 거리는 이 수조와 내 거리보다 훨씬 멀어. 괜찮아. 뭣하면 무대 연출로 조명을 어둡게 깔거나 해서 요루카가 눈에 띄지 않도록 할게. 그건 나에게 맡겨."

"무대 담당의 직권 남용이야."

"연출 지시거든. 문제없어!"

"……그렇게 나를 무대에 세우고 싶어?"

이 질문에 내가 돌려줄 대답은 확고하다.

"세션했을 때, 요루카의 그 즐거워 보이는 얼굴을 한 번 더 보고 싶어."

여성의 특히 매력적인 표정을 3H라고 했는데, 수정이다. 가장 중요한 표정을 깜빡 잊었다.

행복의 H를 추가해서 4H라고 하자.

◇ ◇ ◇

우리는 수족관을 넘치도록 만끽한 뒤, SNS에서도 화제가 된 빙수 전문점에 왔다.

눈앞에 놓인 거대한 빙수는 요루카의 얼굴이 가려질 만큼 높았다.

요루카가 고른 과일 시럽은 딸기 맛.

얼음의 하얀색과 딸기의 빨간색이 아름답게 대비된다.

천연 얼음 빙수 위에 새빨간 딸기 시럽을 듬뿍 뿌렸다. 시판 시럽이 아니라 직접 만든 것으로, 과육을 부드럽게 졸인 잼처럼 달콤하다.

나는 먼저 빙수를 앞에 두고 그 거대함과 아름다움에 놀란 요루카의 사진을 찍었다.

"나도 찍어줄게."

내가 주문한 건 하얀색과 노란색으로 남국 느낌이 물씬 나는 망고 맛. 거대한 얼음덩어리에 달려드는 포즈를 취한 나를 요루카가 웃으면서 찍었다.

"겸사겸사 투샷도."

"빨리 먹지 않으면 녹을걸."

"다들 사진 찍잖아."

가게 안을 둘러보면 SNS에 올리기 위해 여러 장의 사진을 찍는 듯한 손님이 많이 있었다.

나와 요루카는 어깨를 딱 붙여서 한 화면에 들어갔다. 자, 찍습니다.

"좋아, 잘 나왔다. 이제 먹자."

"나중에 나한테도 사진 보내줘."

"라저."

또 추억의 사진이 하나 늘었다.

"으음. 시원하고 맛있어."

한 입 먹어본 요루카는 만족스러운 듯한 목소리를 흘렸다.

"어디?"

나도 숟가락으로 컬러풀한 설산을 퍼담아 입으로 가져 갔다.

평판대로 과일 시럽의 진한 단맛이 아주 맛있다.

"어마어마한 크기에 깜짝 놀라긴 했지만, 의외로 다 먹 을 수 있을 것 같아."

얼음이 시원하게 입 안에서 녹는 느낌과 달달한 시럽의 하모니에 숟가락이 멈추지 않는다.

서로 상대가 시킨 빙수를 교환하기도 하며 먹자 어느새 반 이상이 사라졌다.

"요루카. 카노 밴드 건은 아직 고민 중이야?"

내가 다시 그 화제를 꺼내자 요루카의 숟가락이 멈췄다.

"……나 혼자선 정할 수 없어."

"이것저것 따지지 말고, 과감하게 참가해보면 되잖아."

"가볍게 말하지 마. 나에 대해선 키스미가 제일 잘 알잖아."

"아니까 해 봤으면 하는 거야."

"왜?"

"요루카가 하고 싶어하니까."

"그런, 거야?"

"호불호가 확실한 요루카가 고민하는 시점에서 관심은 있다는 거잖아. 게다가 무대 위에서 많은 사람이 쳐다보는 일이라는 걸 알면서도."

"하지만 히나카는 참가하지 않는다고 했고, 키스미도 하기 싫잖아."

"요루카를 위해서라면 나도 진지하게 기타 연습할게."

요루카가 망설이는 건 자기 혼자서는 불안하기 때문일 것이다.

역시 미야치가 빠지는 게 아쉬운데. 초보나 마찬가지인 내가 들어가봤자 요루카의 정신적인 버팀목은 될 수 있어도 음악적으로는 오히려 발목을 잡게 될 테니.

그런 의미로도 미야치의 가창력은 매력적이다.

"또 쉽게 받아들이고. 작년보다 더 바빠지잖아? 키스미가 쓰러질 거야."

"사랑의 힘은 무적이거든."

요루카는 내 거창한 말에 피식 표정을 풀었다.

"나도 무적이 되고 싶다……."

"될 수 있어. 구기대회에서 내 이름을 불렀을 때를 떠올려봐. 그렇게 커다란 목소리를 내서 다들 쳐다봤는데, 요루카는 도망치지 않았잖아."

"그건 키스미의 플레이에 열중해서 그런 거고."

기쁜 말인데. 정말이지, 내 미인 여자친구는 이런 솔직하게 귀여운 면이 있어서 너무나 사랑스럽다.

그러니 나도 자꾸 노력하고 싶어진다.

"마찬가지야. 응원에 열중해서 주변 시선은 신경 쓰이지 않았던 거잖아?"

"그럴지도 모르지만……."

"그 농구 시합 때처럼 나는 요루카가 응원해주면 실력보다 더한 힘을 발휘할 수 있어. 그러니까 내 걱정은 안 해도 돼. 자신의 마음에 솔직해져."

"키스미……."

"무대에는 혼자 서는 게 아니야. 경음악부의 카리스마가 이끄는 밴드로서 무대에 올라가는 거지. 다들 카노에게 시선을 빼앗겨서, 오히려 요루카는 눈에 띄지 않을 가능성이 커."

나는 일부러 단언했다.

"조금은 열심히 하는데도 눈에 띄지 못하는 사람의 심정을 맛보라고. 평소의 나처럼."

시시껄렁한 자학 농담을 섞으며 연인의 등을 밀었다.

"엄청난 설득법인데."

요루카는 웃음이 터진 듯 입을 눌렀다.

"나밖에 못 하잖아?"

나는 우쭐거리며 요루카를 보았다.

"좋아하는 사람의 말이 아니었다면 소름 돋았을 거야."

"어이쿠, 빙수를 너무 많이 먹어서 체온이 내려갔나? 아니면 냉방이 너무 셌나? 다 못 먹을 것 같다면 내가 도와줄게."

"싫어. 내가 전부 먹을 거야."

"빨리 안 먹으면 녹는다."

"걱정 마세요."

요루카는 그렇게 말하며 다시 숟가락을 놀려 빙수를 입에 가져갔다.

나도 남은 빙수를 먹었다.

"저기, 키스미. 다 먹으면 카페에 가자."

"좋은데. 여름에 마시는 뜨거운 커피도 나름의 묘미가 있으니까."

뜨뜻한 걸 마셔서 빙수 먹고 차가워진 몸을 따뜻하게 데워야지.

"……키스미는 눈치가 빠르네."

"그래서 반한 거 아니야?"

"키스미를 좋아하게 된 이유를 꼽으면 밤을 새워야 할 거야."

"며칠이든 들을게. 지금은 여름방학이니까."

"그쪽은 검토의 필요가 있고. 밴드는, 그……."

"결심을 못 하겠어?"

"히나카와 한 번 더 상담해보고. 그 후에 정할래."

"알았어."

요루카는 무서워하면서도 조금씩 자신의 세계를 넓히려 하고 있다.

에이세이 고등학교와 적당히 가까운 곳에 있는 신사에서는 매년 여름 축제가 열린다.

수많은 노점이 신사 부지 내에 열리고, 맛있어 보이는 냄새를 가득 풍긴다.

해 질 녘, 축제 음악에 홀리듯 사람들이 모이기 시작하여 지금은 아주 혼잡해졌다.

우리 세나회도 신사의 토리이 앞에 집합했다.

"이것이 바로 일본의 전통미로군."

"다 예뻐. 잘 어울려."

나나무라와 나는 유카타를 입은 여성진을 보며 감동했다.

이 설렘은 후덥지근함 때문만이 아니다. 여름 축제의 풍경이 만들어내는 비일상의 느낌 때문일 것이다. 평소와는 다른 친구의 모습에 왠지 묘하게 긴장된다.

"이거 봐, 키스미! 이거 사유의 엄마가 입혀준 거야!"

"유카타 입고 폴짝거리지 마. 그리고 오빠라고 불러. 어른처럼 입혀주셨네."

"사유의 엄마가, 에이는 키가 크니까 어른이랑 같은 거 입자고 이거저거 빌려줬어."

"그럼 에이도 어른답게 의젓하게 굴어야지."

평소 입지 않는 유카타를 입고 흥분한 에이.

내 동생의 요청도 있었기에 오늘 여자들은 유카타를 입고 오게 되었다.

"사유, 에이 돌봐줘서 고마워. 아주머니께도 감사하다고 전해줘."

"괜찮아요. 엄마도 신이 나서 기뻐하던데요. 기합이 팍팍 들어갔어요!"

기모노 입는 법을 아는 사유 어머니의 협력을 받아 여자들은 유키나미 가에 모여 유카타로 갈아입었다.

『유카타 모습은 축제 때를 기대하시라. 남자는 출입금지예요!』

그런 고로 오후에 에이를 유키나미가에 바래다준 나는 한발 먼저 나나무라와 함께 신사에 왔다.

고등학교에서 가깝기도 하기에 아는 사람을 여럿 보거나, 뜻밖의 남녀가 페어로 온 걸 보고 깜짝 놀라는 등 여자들을 기다리는 동안에도 나나무라와 함께 지루하지 않게 보냈다.

그렇게 나타난 것이 유카타를 입은 여자들이었다.

요루카는 평소 풀어 내리는 머리카락을 틀어 올려 목덜미가 보이도록 고정했기 때문에 청순한 인상이 한층 강해졌다. 유카타는 화사하면서도 섬세한 무늬가 들어가 전체적으로 차분하고 성숙한 분위기였다. 우아하고도 아름답게 선 자세에 나는 무심코 등을 곧게 폈다.

아사키도 머리카락을 올렸는데, 유카타는 얌전한 분위

기로 골랐다. 여기에 맞춰서 화장도 평소 하던 자연스러운 스타일이 아니라 일부러 이목구비를 뚜렷하게 보여주는 진한 화장으로 바꾸었다. 덕분에 아사키가 지닌 본연의 아름다움이 강조되었다.

미야치는 색이 진한 유카타를 골랐다. 무척 개성적인 무늬가 들어가 자기주장을 잊지 않는다. 그녀의 센스가 빛나는 소품을 조합해서 패셔너블했다.

사유는 성격대로 밝은색의 유카타에 커다란 머리 장식을 더했다. 익숙하지 않은 유카타에 불편해하면서도 그게 오히려 신선한 매력을 뿌렸다.

네 사람의 멋진 유카타 모습을 본 것만으로도 오늘 온 보람이 있다고 할 수 있다.

그나저나 나는 가짜 남자친구 때 봤던 칸자키 선생님의 기모노 차림도 그렇고, 의외로 고전적인 복장을 좋아하는 건지도 모른다.

"정말 이 그룹은 다들 예뻐서 좋단 말이지. 지금부터 세나회는 그만두고 내 하렘 하지 않을래?"

나나무라는 감탄한 듯 신음했다.

"나나무라 선배. 성희롱으로 고소해버릴 거예요. 그렇게 되면 즉시 해체할 거니까요."

사유는 죽은 물고기 같은 눈으로 나나무라의 헛소리를 받아쳤다.

"유키나미, 너무하지 않아?"

"나나무라 선배가 너무 무신경한 거죠."

나나무라를 상대로도 굴하지 않는 여자 후배는 사유 정도일 것이다.

사유와 나나무라가 팽팽하게 말을 주고받는 옆에서는 요루카와 미야치가 에이와 즐겁게 대화하고 있다.

"키스미의 동생, 나를 껄끄러워 하나?"

그렇게 내게 말을 건 사람은 아사키였다.

"그럴 리가. 에이는 아리아 씨나 칸자키 선생님에게도 낯가림이 없었어. 걱정하지 마."

"그렇다면 좋겠는데."

"사유는 옛날부터 알던 사이고, 미야치와는 작년부터 메시지를 주고받는 사이고, 요루카와는 뭐, 우리 집에서 만났으니까."

"그런데 키스미. 어때?"

아사키가 요구하는 건 당연히 유카타의 감상이다.

"아주 어른스럽고 멋있어. 손톱도 평소와 다르네."

"——, 알아챘었구나."

비교적 교칙이 느슨한 에이세이지만 학급 임원인 아사키는 결코 화려하게 꾸미지 않고, 아는 사람은 알 수 있는 정도의 자연스러운 노선이다. 매니큐어도 평소엔 내추럴한 광택과 투명감이 느껴지는 클리어 네일이나 연분홍색 계통인데 오늘은 유카타 색에 맞춘 걸 발랐다.

"키스미는 그런 사소한 곳을 제대로 알아보니까 방심할

수 없단 말이지."

"? 어울리니까 칭찬한 것뿐인데. 이상했어?"

엉뚱한 소리라도 한 걸까. 나는 내가 한 발언을 되짚어
봤다.

"감탄한 거야. 칭찬해줘서 고마워!"

아사키는 하얀 이를 씩 드러내며 웃었다.

"그나저나 아직 덥구나. 해가 저물었는데도."

"낮에도 상당히 후텁지근했고 사람도 많으니까."

좁은 참배길에는 오가는 인파가 끊이지 않고, 우리가 있
는 토리이 근처도 약속을 잡고 기다리는 사람들로 상당히
혼잡했다.

"키스미, 키스미! 빨리 가자!"

"진정하라니까."

에이는 늘 그렇듯 신이 나서 이쪽을 재촉했다.

"좋아, 그럼 축제를 누비고 다녀보실까! 사고 싶은 거 사
고, 놀고 싶은 걸 즐기자!"

내 선언과 함께 드디어 경내로 들어갔다.

배례전으로 이어지는 참배길 좌우에는 먹거리, 장난감,
동물, 식물 등의 노점이 즐비했다. 여기저기 시선이 자꾸
끌려갈 만큼 떠들썩하다.

누군가가 가게 앞에서 관심이 가는 걸 발견하면 멈추고,
다른 가게에서 또 누군가가 물건을 산다.

왜 축제에서 파는 건 맛있어 보이는 걸까.

야키소바, 군 옥수수, 오징어구이, 솜사탕, 사과 탕후루, 금방울빵, 초코 바나나, 라무네── 먹고 싶은 게 끝이 없다.

그런 식으로 각자 자유롭게 먹을 것을 들고 걸으며 다양한 놀이를 즐겼다.

고리 던지기를 해 보자 농구 경험자인 나, 나나무라, 사유는 손목을 잘 사용하기 때문인지 비교적 성공률이 높다.

그리고 내가 손에 넣은 경품 과자와 장난감을 당연하다는 듯 자기가 가져가는 에이. 다들 에이에게 경품을 주니까 에이의 전리품은 계속해서 늘어났다. 그 전리품을 들어야 하는 내 한쪽 손은 이미 막혀버렸다.

"고마워! 에이 기뻐!"

방싯거리는 얼굴로 기뻐하는 마이 시스터.

"다들 에이에게 너무 물러."

"동생바라기인 세나가 할 말이냐."

나나무라의 한마디에 다들 폭소했다.

주변에 방해가 되지 않도록 중간중간 스마트폰으로 사진 촬영도 하면서, 나는 요루카의 즐거워 보이는 얼굴에 안심했다.

"요루카, 축제는 어때?"

"이 혼잡도에는 깜짝 놀랐지만 신선해. 유카타도 평소와 다른 기분이라 좋네."

"유카타 잘 어울려. 다시 반했어."

"평소와 다른 옷을 입었을 뿐인데. 키스미, 혹시 코스프레 취향이야?"

"남자는 시각적인 생물이니까. 좋아하는 사람의 새로운 일면을 보면 당연히 기뻐하지."

"수영복 고를 때도 굉장히 고민했었지."

"그건 나에게 이번 여름의 가장 중요한 결단이었어."

"그 집중력과 결단력을 다른 일에서도 발휘하면 좋잖아."

"할 거야. 요루카를 위해서라면 얼마든지."

"말은."

요루카는 내 옆구리를 찔렀다.

"유카타를 입은 연인과 여름 축제에 왔는걸. 당연히 즐겁지."

"키스미, 요즘 즐겁다는 말만 하는데?"

"조금 다른 감정을 잊어버렸어."

"그렇게 기분 좋은 평생을 보낼 수 있다면 최고구나."

"어라? 요루카는 안 그래?"

나는 요루카의 왼손을 잡고 약지를 붙잡듯이 눌렀다.

"……, 기대는 해."

시선을 숙이면서도 요루카는 목까지 빨개져서 대답했다.

"그럼 다행이다."

그 대답을 들은 것만으로도, 나는 하늘을 나는 듯한 기분이 들었다.

"키스미, 사격 있어. 저거 해 보고 싶어."

"그럼 도전해 볼까."

요루카는 총을 들더니 뛰어난 집중력을 발휘했다. 첫 번째 시도엔 빗나갔지만, 그 후엔 박수가 나올 정도. 코르크 탄을 잇달아 경품에 명중시켜 선반에서 떨어트렸다.

소매를 걷고 총을 겨누며 표적을 맞추는 요루카의 옆얼굴이 늠름하다.

내가 그 아름다운 저격수를 열렬하게 바라보자,

"키스미. 시선이 시끄러워."

요루카가 이쪽을 보지 않은 채 짧게 핀잔을 줬다.

변함없이 시선에는 민감한 요루카 님이시다.

"요루요루, 사격 되게 잘한다."

그렇게 말을 걸며 이쪽으로 걸어온 미야치는 어느새 여우 가면을 쓰고 있었다.

얼굴이 작은 미야치가 가면을 쓰자 정말로 여우가 유카타를 입은 것 같은 느낌이 든다.

"가면이라니, 추억인데. 나도 어릴 때는 가면라이더 가면을 사달라고 했었어."

"컹. 그냥 한번 사 봤어."

미야치는 여우 울음소리를 흉내 내며 가면을 이마 위로 올렸다.

"미야치, 저기."

나는 문화제 때의 카노 밴드 이야기를 꺼내려고 했다.

"응? 왜?"

"……아니, 아무것도 아니야."

"뭐야, 섭섭하게. 고민 있으면 말해봐."

"그럼, 만약 요루카가 무언가 상담해달라고 하면 힘이 되어주지 않을래?"

요루카가 직접 상담하겠다고 말한 이상, 나는 그걸 믿을 뿐이다.

"그야 요루요루는 친구니까. 얼마든지 상담에 응해야지."

미야치는 사실 내가 무슨 말을 하고 싶은지 알아차렸으면서도 눈치채지 못한 척하는 것처럼 보이기도 했다.

◇ ◇ ◇

마침 휴게공간의 테이블이 비어 있었기에 우리는 그곳에 진을 치고 노점에서 산 걸 먹기로 했다. 저마다 노점으로 달려가서 산 것을 테이블에 펼쳐놓았다.

"아사 선배, 땀이 심한데요. 괜찮으세요?"

"그럭저럭."

사유가 걱정하듯 아사키는 어쩐지 얼굴이 붉었다.

모처럼 사 온 타코야키에도 거의 손을 대지 않은 채 무료로 뿌린 부채를 팔랑팔랑 부치며 어떻게든 열을 식히려 하고 있다.

휴게공간은 바람이 잘 통하지 않는다. 등불과 조명, 낮의 더위로 열이 고여있어 도저히 쾌적하다고 할 수 없다.

"괜찮아?"

야키소바를 먹던 에이도 부채를 들고 아사키에게 가세했다.

"아, 고마워. 에이."

"천만에! 시원해지면 좋겠다."

동생의 친근한 행동에 아사키는 놀라면서도 이쪽을 쳐다봤다.

"역시 키스미의 동생이구나. 남매라는 느낌이야."

"아사키에게 부채질해준 정도로 공통점을 발견할 수 있는 거야?"

"이렇게 곤경에 처한 사람에게 친절하잖아."

"자기가 곤란하게 만드는 오빠에게는 매정한데."

"키스미에게 어리광 부리는 거지. 귀엽잖아. 나는 외동이라 자매나 남매가 있다는 건 조금 부러워."

에이는 열심히 부채질하면서도 노점 쪽을 두리번거리기 시작했다. 배가 찼으니 또 놀고 싶어져서 근질거리는 모양이다.

"있잖아. 에이는 다음엔 금붕어 뜨기 하고 싶어."

"혼자서 제대로 보살펴줄 수 있어?"

"있어!"

집에는 옛날에 내가 금붕어를 키웠을 때 썼던 수조와 공기펌프가 있으니까 금붕어를 기르는 것에 지장은 없다.

"건지는 요령은 서두르지 말고 천천히. 뜨개가 잘 찢어지니까 조급해하지 마."

"알았어! 그럼 키스미, 짐 부탁해!"

에이가 주머니를 건넸다.

"요루카, 빨리! 다들 가자!"

에이는 자기가 리더라는 양 요루카의 손을 잡고 인파 속으로 돌아가려 했다.

그 뒤를 미야치와 사유가 따라갔다.

"아, 미안해. 나는 좀 쉬다 갈게."

아사키는 일어나지 않았다. 역시 몸 상태가 안 좋은 걸 참고 있었던 모양이다.

"그럼 나는 저쪽 보디가드를 하고 올게. 세나는 하세쿠라 간호 부탁해! 경내 안쪽 벤치는 여기보다 시원하니까 그쪽으로 옮기고."

나나무라는 명백하게 재미있어하는 얼굴로 그렇게 말한 뒤 곧바로 에이를 쫓아갔다.

나와 아사키는 갑자기 둘만 남게 되어버렸다.

"신경 쓰게 해서 미안해."

아사키가 면목 없다는 듯 고개를 숙였다.

"아사키. 아무튼 시원한 곳으로 이동하자. 괜찮다면 내 팔 잡고."

나는 아사키에게 왼팔을 내밀었다.

"어……. 괜찮, 아?"

"오늘은 예외. 몸이 안 좋을 때 무슨 소릴 하는 거야."

"그럼, 응."

아사키는 쭈뼛쭈뼛 내 위팔을 향해 손을 뻗나 싶더니, '에잇' 하고 손을 잡았다.

"어? 아사키?"

"예외라면서?"

"……천천히 걸을게. 힘들면 말해."

우리는 인파 속을 걸었다.

앞뒤가 막혀있어 보폭은 자연스럽게 작아진다. 여기에 몸이 안 좋은데다 유카타를 입은 아사키는 한층 걸음이 느리다.

전방에서 걸어오는 남성 무리가 대화에 열중해서 완전히 딴 데를 보고 있었다. 스쳐 지나갈 때 그중 한 명이 아사키와 부딪칠 뻔해서 나는 반사적으로 어깨를 안고 끌어당겼다.

"미안."

열이 나서 그런지 멍한 아사키는 작게 반응할 뿐이었다.

어떻게든 무사히 배례전에 도착하자, 이 근방에는 나무가 많고 기분 좋은 바람이 불었다.

빈 벤치에 아사키를 앉혔다.

"잠시 기다려."

나는 근처에 있는 노점으로 달려가 스포츠드링크를 샀다.

"아사키, 이거 마셔."

페트병 뚜껑을 가볍게 연 뒤에 건넸다.

"……나에게, 사주는 거야?"

"살짝 더위 먹은 건지도 모르니까 만약을 위해서. 수분 보충이랑 아이스팩 대신. 잠시 쉬자."

아사키는 차가운 페트병을 목에 댔다. 그것만으로도 표정이 부드러워졌다.

"아, 시원해서 기분 좋아."

나도 옆에 앉아서 에이의 부채로 바람을 보냈다.

아사키는 스포츠드링크를 한 모금 마신 뒤 '살 것 같아.'라고 절절히 중얼거렸다.

"나는 원래 더위에 썩 강하지 않거든."

"이렇게 혼잡한 곳이니 별수 없지."

"유카타는 생각보다 더 덥고, 그, 물도 줄여서……."

"왜?"

반소매 티셔츠 하나만 입은 나도 더우니까 유카타라면 더 더울 테지.

보기에는 풍류가 느껴지고 시원해 보이지만, 지구온난화가 심해지는 요즘 시대엔 쾌적하다고 하기 애매할 것이다.

심지어 나무와 흙과 물이 가득한 시골이 아닌, 열섬화가 우려되고 있는 도쿄 한복판에서 열리는 축제.

"그야……."

"그야?"

"키스미, 웬일로 둔감하네."

아사키는 부끄러워하기만 할 뿐 대답하지 않았다.

더운데 수분공급을 자제하는 이유를 생각해 봤다. 유카타, 인파, 여자.

"——아. 그런 거구나."

"그래. 이 옷에 이 인파니까 화장실 가기도 어려운걸."

아사키는 얼굴에 구슬 같은 땀을 매달고 시선을 돌렸다.

"대단히 죄송합니다."

나도 모르게 부채를 부치는 속도가 빨라졌다.

"하, 하지만 진짜로 몸이 안 좋으면 사유의 집이나 우리 집에 먼저 돌아가서 쉬어도 괜찮아. 사양하지 말고!"

"여기는 시원하니까, 조금 더 이렇게 있으면 아마 괜찮을 거야."

"그럼 다행이지만……."

나는 어쩐지 아사키의 얼굴을 보기 민망해서 어둑한 수풀 쪽으로 시선을 보냈다.

그대로 대화는 끊어졌지만 여기까지 들리는 축제의 소음 덕분에 침묵이 거북하진 않다.

눈을 감고 조용히 쉬는 아사키와 함께 바람이 불어오는 이 옅은 어둠에 몸을 맡겼다. 수풀 너머에서 벌레 울음소리가 들렸다.

잠시 후 아사키가 툭 중얼거렸다.

"왜 친절하게 대해 주는 거야?"

"몸이 아프면 누구나 간호 정도는 하잖아."

"그거, 조금 잔인하네."

그 목소리에 여느 때와 같은 사근사근한 느낌은 없다. 질척한 감정만이 아사키의 입에서 흘러나왔다.

"약해져 있을 때 친절하게 대해 주면 더 좋아하게 된다고."

"아사키, 나에겐——."

나는 즉시 말하려다가 아사키에게 가로막혔다.

그녀의 머리가 내 어깨에 올라갔다.

"알아. 그러니까 말하지 마. 이 감정은 포기하지 못하는 나만의 문제야. ——이걸 직접 본인에게 말하는 시점에서 설득력도 없나."

아사키는 쓴웃음을 지으며 얼버무렸다.

"나는 고마워. 아사키가 전과 같은 태도를 보여줘서."

"나야말로. 불편한 건 나도 싫고, 학급 임원으로서도 거북해지니까."

"그건 나도 동감이야."

"아리사카는 아니지만, 나도 세나회의 모임은 즐거워. 그것만은 잊지 마. 싫다면 적당한 이유를 붙여서 자연스럽게 멀어질 거야."

"응."

나란히 앉아있는 사이에 어둠에 눈이 익숙해졌다.

그래서 알아차렸다. 수풀 너머, 나무 뒤쪽에서 무언가

인영이 움직이는 것을.

"저기, 키스미. 저기에 누구 있지?"

아사키도 알아차린 모양이다.

"그것도 커플."

"참나. 애정행각을 할 거면 더 들키지 않도록 조심하지."

"축제 분위기를 타고 달아오른 거 아닐까?"

"아, 키스했다."

두 개의 그림자가 겹쳐졌다.

여보세요, 다 보이거든요. 장소를 가리라고.

남의 키스신을 누가 보고 싶어 하나.

하지만 지금 괜히 이동해서 상대방이 알아차리는 것도 좀 싫었고, 아사키도 조금 더 쉬게 해주고 싶다.

우리는 그대로 벤치에 앉아있을 수밖에 없었다.

그나저나 민망하다.

"……키스하니 말인데. 키스미, 아리사카와는 이미 키스했어?"

기습처럼 아사키가 물었다.

"억?!"

내가 동요하며 움찔거릴 때 아사키의 머리도 어깨에서 떨어졌다.

"쉿! 목소리가 커. 들키겠다."

"아사키가 이상한 질문을 하니까."

나는 목소리를 낮추면서도 어떻게든 반박했다.

"그래서, 어때?"

답을 재촉하듯 아사키가 몸을 바싹 붙였다.

"아사키와는 상관없잖아."

"친구로서 궁금해."

"말 못 해."

"그거 거의 YES라고 대답하는 거나 마찬가지야."

이쪽의 마음을 간파하듯 미소 지으며 지적했다. 마음을 알아주는 게 편한 반면, 비밀을 만들 수 없다는 것도 골칫거리다. 심리적인 사생활이 사라진다.

"날 놀리는 게 재밌어?"

무심코 심통이 난 듯한 말투가 나오고 말았다.

"전에도 말했잖아. 나는 키스미가 곤란해하는 얼굴을 보는 걸 좋아한다고. 싫으면 자중할게."

입가를 누르며 쿡쿡 웃는 아사키는 참으로 즐거워 보였다.

"부디 그렇게 해줘."

나는 간절히 애원했다.

"에이, 공짜로는 안 되는데."

"우정에 대가를 요구하지 말라고."

나는 깊이 생각하지 않고 말해버렸다.

"남녀 사이에 우정을 원하지 마. 바보야."

아사키는 참을 수 없다는 듯 시선을 돌리고 툭 중얼거렸다.

"——사랑과 우정의 균형을 잡는 건 꽤 힘들단 말이지."

그 말에 나는 굳어버렸다. 늘 붙임성 있는 미소를 짓는 아사키의 아무도 모르는 얼굴을 얼핏 봐 버린 느낌이 들었다.

또다시 침묵. 이번에는 상당히 거북하다.

하지만 이 상황을 알아차린 듯 내 스마트폰이 울기 시작했다.

다급히 주머니에서 꺼내자 발신자는 요루카였다.

나는 내가 만든 철칙에 따라 바로 전화를 받았다.

"네, 키스미입니다!"

『여보세요. 그쪽에 에이 오지 않았지?』

요루카는 다급한 듯한 목소리로 단도직입적으로 물었다.

"없는데. 왜 그래?"

『에이와 헤어졌어. 다 함께 금붕어 뜨기 하고 있었는데 이동하는 도중에 어느새 모습이 보이지 않아.』

"에이가 미아라고?"

『미안해. 흩어져서 여기저기 찾고 있지만 안 보여. 우선 다들 금붕어 뜨기 노점으로 돌아온 참이야.』

요루카는 면목이 없다는 듯 사과했다.

"──그래, 스마트폰. 요루카, 일단 끊을게."

나는 서둘러 에이의 스마트폰에 전화를 걸었다. 하지만 통 받지 않았다.

"혹시 에이의 스마트폰, 그 주머니에 넣어둔 거 아니야?"

아사키의 지적에 나는 에이의 짐을 맡고 있었다는 걸 떠올렸다. 서둘러 주머니 안을 뒤지자 착실하게 매너모드로 설정해놔서 진동하는 스마트폰이 튀어나왔다.

"에이 이 녀석이!"

에이가 스마트폰을 갖고 있지 않다는 것과 우리가 배례전 앞에 있다는 걸 요루카에게 전화해서 알리자, 이윽고 다들 안색을 바꾸고 달려왔다.

"스미스미. 미안해, 에이 못 찾았어."

"키이 선배, 에이가 갈 법한 곳 모르세요?"

"나 잠깐 저쪽 찾아보고 올게."

가만히 있을 수 없어 나는 달려가려 했다.

"세나, 진정해. 너 혼자 무작정 찾아봤자 효율이 나쁠 뿐이야."

나나무라의 딱딱한 주먹이 내 가슴을 가볍게 쳤다. 순간 숨이 막혔다. 덕분에 자연스럽게 심호흡을 할 수 있게 되어 나는 조금 냉정함을 되찾았다.

늘 에이에게 진정하라고 타이르면서 막상 나도 이 모양이다. 한심하다.

"……미안."

"벌써 4학년이잖아. 집도 가까우니 동생 혼자서도 걸어서 돌아갈 수 있어."

나나무라의 희망적인 예측은 나를 격려하기 위해서라는 걸 알면서도 효과가 없었다.

"그럴지도 모르지만. 사람이 너무 많아. 무슨 일이 있으면……."

에이의 성격을 생각했을 때는 충분히 가능한 일이지만,

그래도 만에 하나 사고나 범죄에 휘말렸을지도 모른다는 생각에 미칠 것 같았다.

"키이 선배, 한 번 더 다 함께 찾아봐요!"

"그래, 키스미. 에이가 걱정되는 건 다들 마찬가지야."

"스미스미. 에이도 중간에 스마트폰이 없는 걸 알아차리고 우리를 찾고 있을 거야."

사유의 한마디에 요루카와 미야치도 나섰다.

"너희들. 모처럼 축제 날인데……."

"세나. 그런 건 소린 하지 마라?"

나나무라의 눈이 빠르게 지시를 내리라고 외쳤다.

"고마워. 사유는 축제 본부에 가서 미아 방송을 틀어달라고 부탁해줘. 분명 누군가가 있을 거야. 집합 장소는 이 배례전 앞으로 지정하고."

"알겠슴다!"

"나, 나나무라, 요루카, 미야치는 일단 토리이로 돌아가서 경내 안쪽을 향해 롤러 작전으로 찾자. 넷이 갈라져서 찾으면 빠지는 곳은 별로 없을 테니까, 누군가가 에이와 마주칠 거야. 여자는 유카타를 입었으니 너무 무리하지 말고."

세 사람이 고개를 끄덕였다.

"아사키, 몸도 안 좋을 때 이렇게 되어서 미안해."

"이제 가라앉았으니까 괜찮아. 나는 뭘 하면 될까?"

아사키도 도와줄 마음이 넘쳐 보였다.

"아사키는 여기서 대기해줘. 미아 방송을 들은 에이가

올지도 모르니까. 그리고 정보를 공유해줄래?"

"알았어. 다들 무슨 일이 있으면 나에게 전화해줘. 내가 그룹 채팅방에 바로 공유할 테니까."

내 최소한의 지시를 아사키가 완벽하게 파악해주었다.

"다들 힘을 빌려줘!"

세나회 멤버는 각자 사명을 짊어지고 다시 축제의 인파 속으로 흩어졌다.

◇ ◇ ◇

얼마 지나지 않아 에이는 무사히 발견되었다.

발견해준 사람은 세나회의 멤버가 아니라 학생회 임원들과 놀러 왔던 그 하나비시 키요토라였다.

에이는 금붕어 뜨기를 한 뒤 우연히 같은 반 아이와 마주쳐서 그 아이와 대화하는 사이에 세나회 멤버를 놓쳐버렸다고 한다. 울상이 되어 걷고 있던 걸 우연히 하나비시가 발견해 보호하고 함께 우리를 찾았다. 그러다 미아 방송을 듣고 에이를 배례전으로 데려와 주었다.

아사키의 연락을 받은 우리는 다시 배례전으로 돌아왔다.

"끼스미히이이이이."

나를 보자마자 에이는 내 품에 안기려고 이쪽으로 달려왔다.

"너는 왜 매번 멋대로 구는 거야!"

하지만 안아주고 싶은 마음을 참고, 오빠로서 마음을 독하게 먹으며 동생을 혼냈다.

"친구랑 이야기하는 건 괜찮아. 하지만 네가 모두에게 한마디 말이라도 해줬다면 떨어지지 않았을 거야. 다들 얼마나 걱정했는지 알아?"

내가 보기에도 생각했던 것보다 더 큰 목소리가 나왔다.

그런 내 잔소리에 에이는 울면서도 얼어버렸다.

"에이, 키스미는 계속 걱정했어. 그것만은 잘 알아줘."

보다 못한 요루카가 에이에게 다가가 다정하게 말을 걸었다.

"참나, 별일 없어서 다행이야."

"잘, 못, 해써요."

내가 에이의 머리를 쓰다듬자 에이는 내 가슴에 매달려서 펑펑 울었다.

"하나비시, 정말 고마워."

"세나, 위기에 처한 귀여운 레이디를 도와주는 건 남자로서 당연한 일이야."

"오늘만큼 네가 인기많은 이유를 이해한 적이 없다. 용케 내 동생이라는 걸 알았네?"

"그야 동생이 세나를 많이 닮았으니까. 보자마자 혹시나 했지."

"닮았다는 말을 듣는 일이 드문데."

요루카조차 처음에는 내가 숨겨둔 여자친구라고 착각했

다. 심지어 우리 집에서 에이와 마주친 건데도 불구하고.

하나비시의 혜안이 무시무시하다.

"변함없이 스포트라이트를 강탈해가는 솜씨가 훌륭하네."

"아사키."

나는 무심코 끼어들었다.

"알아. 네가 키스미의 동생을 찾아준 덕분에 정말 안심했어."

아사키의 퉁명스러운 말투에도 하나비시는 기쁘다는 듯 웃었다.

"우연이 도왔을 뿐이야. 아사키야말로 일사병 증상이 있었다면서? 이제 몸은 괜찮아?"

"괜찮아. 그보다 학생회 애들 기다리고 있잖아. 빨리 돌아가지?"

"아차, 이런. 그랬지. 아사키의 유카타 모습에 그만 넋을 놓아버려서 깜빡했어."

"유카타의 무늬가 예뻐서 그래."

"입은 아사키가 예쁜 거야."

여느 때처럼 하나비시는 남들의 시선도 아랑곳하지 않고 칭찬을 퍼부었다. 아사키는 '닭살' 하면서 질색했다.

"그럼 나는 이만 갈게."

"고마워, 하나비시. 다음에 보답할게!"

"나와 세나 사이잖아. 신경 쓰지 않아도 돼."

하나비시는 상큼하게 말하며 노점이 있는 쪽으로 떠났다.

나와 에이는 다시금 모두에게 머리를 숙였다.

"다들 정말로 고마워."

"잘못했습니다."

다들 안심했다는 듯 웃었다.

세나회 멤버들의 다정함이 나는 진심으로 고마웠다.

"어떻게 할래? 아직 8시 전인데, 좀 더 놀다 갈까?"

나나무라의 질문에 다들 얼굴을 마주 보았다.

나는 미아 소동으로 지쳤기 때문에 이제 저 인파에 들어가는 건 사양하고 싶었다. 다들 같은 마음인 모양이었다.

"그럼 우리 집 정원에서 불꽃놀이 하실래요? 가정용 불꽃 사 놨거든요."

사유의 제안에 만장일치로 찬성.

우리는 신사에서 도보 10분 거리인 주택가에 있는 유키나미 가로 걸어갔다. 여자들의 유카타도 그렇고 불꽃도 그렇고, 오늘은 정말 유키나미 가에 크게 신세 지는 날이다.

"오오, 유키나미의 어머니도 미인이시잖아."

"후배의 어머니에게 침 흘리지 마. 이 분별없는 놈!"

나는 나나무라의 옆구리에 주먹을 꽂았지만, 여전히 강철 같은 근육이라 내 손이 더 아프다.

"그거 진짜로 소름인데요. 앞으로는 출입 금지할 거예요."

사유의 쓰레기를 보는 듯한 눈에 나나무라도 자중했다.

간신히 미소를 되찾은 에이나 컨디션을 회복한 아사키도 다들 불꽃놀이를 즐겼다.

색색의 불꽃이 어둠 속에서 타닥타닥 빛난다.

"좋아, 그럼 마지막으로 선향불꽃 대결하자. 제일 오래 버틴 사람이 우승!"

가정용 불꽃놀이 세트를 전부 가지고 놀자, 미야치의 신호에 맞춰 일제히 선향불꽃에 불을 붙였다.

다들 끄트머리의 작은 불꽃이 깜빡이는 걸 바라보며 침묵했다.

하나둘씩 덩어리가 떨어지고, 마지막으로 요루카와 아사키 둘이 남았다.

"오오, 이거 재미있는 대결인데!"

"승자는 요루 선배인가, 아사 선배인가!"

흥분하는 나나무라와 사유. 하지만 요루카와 아사키는 승부가 난 뒤에도 계속 입을 다물었다.

제8화 그녀가 수영복으로 갈아입으면

"천국인데. 세나."

"그래, 완전히 낙원이야. 나나무라."

하늘은 높고 푸르고, 바다는 조용히 파도치고, 하얀 모래밭 위에 선 수영복 차림의 미소녀들.

그 천상의 광경에 나와 나나무라는 황홀에 젖었다.

너무나도 행복해서 문득 이건 꿈이 아닌지 불안해졌다. 하지만 곧바로 머리 위에서 내리쬐는 강렬한 햇살과 발바닥에서 느껴지는 뜨거운 모래가 현실임을 가르쳐주었다.

이것이야말로 여름.

정말 오길 잘했다.

모든 것이 개방적인 풍경에 마음이 춤을 춘다.

우리의 청춘의 한 페이지가 지금 막 적혀나가고 있다.

손꼽아 기다리던 여름의 빅 이벤트가 지금부터 시작된다.

""바다다————!!!!""

나와 나나무라는 동시에 환희의 함성을 질렀다.

피부를 태우는 태양광조차 우리의 기분을 급상승시키는 자극일 뿐이다.

오늘 아침 일찍 역 앞에 집합한 우리 세나회 멤버는 칸자키 선생님과 아리아 씨가 각자 운전하는 자동차에 나눠서 탑승. 칸자키 선생님 집안의 별장으로 출발했다.

　고속도로를 타고 몇 번 휴게소에서 휴식. 그때마다 간식을 먹거나 자동차에 타는 멤버를 바꾸는 등 즐겁게 보냈다. 차 안에서도 대화가 끊이지 않고, 지하철 게임을 하거나 음악을 틀면 흥겹게 합창하는 등 계속 시끄러웠다. 그런가 하면 아침에 일찍 일어났기 때문에 갑자기 스위치를 끈 것처럼 다들 잠들어서 조용해진다. 고속도로에서 나온 뒤 커다란 슈퍼마켓에서 식량 등을 확보. 이것저것 너무 많이 산 느낌을 부정할 수 없지만, 그만큼 우리가 즐거워한다는 증거다.

　그리고 오후, 목적지인 칸자키가의 별장에 드디어 도착.

　별장 외관은 클래식한 펜션 스타일이다. 묵직한 목제 현관문을 열고 안으로 들어가면 그곳에는 목재를 많이 사용한 실내 인테리어와 모던하고 고급스러운 가구류로 통일된 공간이 펼쳐져 있었다. 우리 모두 무심코 감탄을 흘렸다. 아사키와 사유는 즉시 스마트폰을 꺼내 마구 사진을 찍었다.

　별장 근처에 걸어서 갈 수 있는 해수욕장이 있다고 하여 바로 바다에 가게 되었다.

　각자 두 명씩 배정된 방에 들어가 수영복으로 갈아입었다.

　방배정은 나와 나나무라, 요루카와 미야치, 아사키와 사유, 아리아 씨와 칸자키 선생님.

　나와 나나무라는 바로 수영복으로 갈아입고 칸자키 선

생님이 시킨 대로 파라솔과 덱 체어를 창고에서 꺼냈다. 놀랍게도 이 별장은 언제든 바다에서 놀 수 있도록 레저용품 세트를 갖추고 있었다. 카약도 있더라.

"세나는 그쪽 비치볼을 맡아. 나는 이 튜브."

"오케이."

여성진이 갈아입는 걸 기다리는 동안 나와 나나무라는 현관 앞에서 폐활량을 경쟁하듯이 숨을 훅훅 불었다.

그때 요루카와 미야치가 현관에서 나왔다.

"너희들, 너무 흥분했어."

"그야 다 함께 바다에 왔는걸. 기쁘지 않아?"

"나 그러고 보면 일본의 바다에서 수영하는 건 처음일지도……."

불현듯 자신의 기억을 더듬기 시작하는 요루카.

갑작스러운 아가씨 모드를 발휘하는 것도 내 연인답다.

골든위크 때도 가족끼리 해외에 있는 워터 리조트에 갔던 요루카의 관점에선 그렇게까지 흥분할 일도 아닌 모양이다.

요루카는 수영복 위에 커다란 티셔츠를 입고 있었다. 그래도 굴곡이 큰 몸의 라인을 알 수 있다. 아니, 오히려 숨기는 바람에 더욱 상상력을 자극한다.

미야치의 수영복은 보라색을 메인으로 한 튜브탑 비키니로, 가슴께에 귀여운 프릴이 달린 디자인이었다.

"나나무, 튜브 바람 다 넣었어? 나에게 줘~."

"어. 미야우치, 제대로 받으라고!"

"와라!"

나나무라는 마치 고리 던지기처럼 바람을 꽉 채운 튜브를 던졌다.

미야치는 두 팔을 머리 위로 올려 인간 막대기가 되더니 중앙에 쏙 들어갔다.

""오오~~.""

나와 요루카는 박수를 보냈다.

그런 식으로 바다를 기대하며 들떠 있다가, 나는 방에 스마트폰을 두고 왔다는 걸 떠올렸다. 서둘러 방으로 돌아가 스마트폰을 확보했다.

다시 복도에 나온 타이밍에 아사키와 우연히 마주쳤다.

"아사키도 준비 끝났어?"

"응. 기다리게 해서 미안해."

"아래에서 튜브에 바람 넣고 했으니까 괜찮아."

"아. 키스미, 잠깐 괜찮을까?"

"뭔데?"

"수영복으로 갈아입긴 했는데. 이상한 곳이 없는지 봐주지 않을래?"

아사키는 입고 있던 파카의 지퍼를 조용히 내렸다.

어째서인지 내 눈에는 그 광경이 슬로모션처럼 보였다.

천천히 지퍼가 벌어지고, 이윽고 수영복이 드러났다.

아사키는 빨간색과 하얀색의 작은 줄무늬가 들어간 심

플한 비키니였다. 어깨끈은 투명하다. 이대로 주간지 권두 포스터에 들어갈 수 있을 법한 싱그럽고 상큼한 인상이다. 아사키라는 미소녀의 탁월한 본바탕을 강조하는 멋진 선택이다.

뭐라고 할까. 수영복이란 그 높은 노출도에도 불구하고 남에게 보여주는 게 전제이다.

하지만 반 친구의 비키니 차림을 빤히 바라보는 건 껄끄러웠기에 나도 모르게 눈이 흔들렸다.

계속 보고 싶지만, 너무 쳐다보는 것도 망설여진다.

바닷가나 수영장에서 보는 수영복과 다르게 복도에서 수영복이라는 애매한 시추에이션도 더해져서 묘하게 술렁거렸다.

"어, 때?"

"어울려. 아주 좋은데."

"제대로 봤어? 어쩐지 눈 돌리는 게 빠르지 않아? 더 자세히 봐도 되는데."

내 동요를 알아차린 아사키가 놀리듯이 다가왔다.

지금 한없이 방어력이 낮은 차림을 한 여자가 접근하고 있습니다.

위험하다. 비상사태다. 불순하게 얼굴이 실룩거릴 것 같다.

젠장. 표정근육을 제어할 수 없어.

이런 때야말로 당당해지란 말이다, 세나 키스미!

수영복 파워 따위에 지지 말라고.

"자, 키스미. 이쪽 봐. 딱히 본다고 닳는 것도 아니고."

"아, 아사키. 너무 남자를 도발하지 않는 게."

남자의 본능으로서 싫어도 의식하게 된다.

평소 교복을 입은 모습에 익숙하기 때문에 괜히 더 큰 격차를 느낀다.

피해버린 시선 끝에는 내 방의 침대가 있었다.

솔직히 수영복이란 속옷이나 마찬가지잖아. 경험도 없고 실물에 면역이 없는 사춘기 남자에게 실물 수영복은 역시 자극이 너무 강하다고. 포스터나 인터넷 사진 등과는 차원이 다르다. 입체적이고 움직이고 본인이 말하잖아.

"나는 쉬운 타입이 아니니까 안심해."

"뭐, 뭘 안심하라고?"

목소리가 뒤집어졌다.

"키스미가 제일 먼저 봐주길 바랐어. 이 수영복을 보고 기뻐해 줄까, 하면서."

또 저렇게 남자의 마음을 간질이는 소릴 하니까 아사키는 강적이다.

"아사키, 남자를 너무 믿지 않는 게 좋아."

"어? 갑자기 무슨 말이야?"

"원하는 대로 자세히 볼게. 가만히 있어."

놀림을 받기만 하고 끝날 수는 없다.

나는 공격으로 전환하듯 아사키의 전신을 샅샅이 관찰했다.

시선으로 스캔하듯 남김없이 망막에 각인한다.

"——……저, 그게, 그렇게 갑자기 빤히 쳐다보면, 좀 이상한 기분인데."

"아사키. 그대로."

가슴을 가리려고 올라가던 손을 제지했다.

조금 전까지 보이던 여유는 어디로 간 건지. 아사키의 얼굴이 순식간에 빨개졌다. 숨기고 싶지만 숨길 수 없다는 어중간한 이 상황을 그저 견디고 있다는 듯한 모습이었다.

수치심 견디기 게임에서 승리한 건 나였다.

"이, 이제 끝!"

아사키는 파카 앞을 그러모으더니 그대로 계단을 달려 내려갔다.

복도에 혼자 남은 나는 기묘한 고양감과 허무함에 휩싸였다.

"역시 수영복의 위력은 장난 아니구나."

여름의 마물은 언제나 가차 없다.

일동이 집합하고 드디어 해수욕장으로.

별장에서 짊어지고 온 짐을 내려놓은 뒤, 나와 나나무라는 파라솔 설치를 시작했다.

커다란 시트 두 장을 모래사장 위에 펼쳤다. 바람에 날아가지 않도록 아이스박스와 짐을 놔서 고정했다. 각각 커다란 파라솔을 꽂아서 그늘을 만든다. 그 아래에 덱 체어를 놓았다.

"뿌우! 선배들 아직 안 끝난 거예요?"

"불만 있으면 사유도 도와줘."

"두 분이 활약할 기회를 빼앗는 건 미안하잖아요."

사유는 형광 노랑 비키니에 데님 숏팬츠를 입었다. 머리에는 선바이저를 착용하여 사유다운 캐주얼한 코디네이트였다.

"그보다 나는 더워서 더는 못 기다려."

"동감이에요! 이만 바다에 들어가죠!"

아사키와 사유는 샌들을 벗고 모래사장을 달려갔다.

꺅! 하는 귀여운 비명을 지르며 바다로 들어간다.

파도가 치는 자리에서 참방참방 노는 모습은 무척 즐거워 보였다.

"저기, 여러분. 준비운동을 꼼꼼히 하고 자주 휴식하면서 수분을 취하세요. 무리는 금물입니다. 다치거나 사고에 조심하시고요. 혼자서 행동하지 말고, 이동할 때는 반드시 누군가에게 말을 남기세요. 다른 사람도 있으니 너무 시끄럽게 해서 폐를 끼치면 안 됩니다."

칸자키 선생님은 평소와 같은 태도로 주의사항을 늘어놓았다.

선생님의 수영복은 고상한 리조트 스타일이다. 챙이 넓

은 모자에 하이넥인 상의는 가슴께가 복잡한 무늬를 그리는 레이스 구조고, 긴 파레오를 허리에 둘렀다. 노출은 적은 편이지만 무척이나 성숙한 여성다운 육체는 채 숨겨지지 않았다.

"시즈루, 고지식해! 딱딱하잖아. 학교 행사도 아니니까 가볍게 가자고."

"하지만 어쨌거나 학생을 인솔하는 몸으로서는……."

"아, 그래. 그럼 여자들. 헌팅 조심해라. 남자들은 말썽 금지. 이상, 다녀와."

아리아 씨는 간결한 주의사항만 외친 뒤 바로 덱 체어에 누워 긴 다리를 뻗었다.

"어? 도착하자마자 누우시는 거예요?"

"어른에겐 어른의 방식이 있단다. 스미, 캔맥주 가져다줘."

선글라스를 살짝 내려 근처에 있던 나를 부려 먹었다.

아리아 씨의 수영복은 스타일리시한 셀럽풍. 스트랩이 교차한 독특한 디자인의 비키니로, 가느다란 사슬 장식도 들어가 멋지고 섹시했다. 변함없이 넋을 놓게 될 듯한 몸매를 아낌없이 드러내는 모습은 참으로 당당했다.

"낮술이라니, 이르지 않아요?"

나는 급사라도 된 양 아이스박스에서 캔맥주를 꺼내 내밀었다.

"여름방학이니까 뭐 어때. 게다가 아침부터 내내 운전해서 마음도 목도 버석버석해졌어. 이 정도의 포상은 괜찮지 않아? 크으, 맛있다."

극상의 행복이라는 듯 아리아 씨는 차가운 맥주를 음미했다.

오는 길에 계속 운전한 칸자키 선생님과 아리아 씨는 지친 건지 파라솔 아래에서 휴식에 들어갔다.

그런 미녀 두 사람의 숨길 수 없는 색기는 자연스럽게 사람들의 시선을 모았다.

어른조의 섹시 다이너마이트 보디에는 의식하면 안 된다고 스스로를 타일러 봐도 시선을 빼앗기게 된다. 여기에도 여름의 마물이 있다.

"……스미도 너무 쳐다보는데. 엉큼해라."

"네?"

흩어진 짐을 정리하는 나에게 아리아 씨가 예리하게 지적했다.

"그야 손이 멈췄는걸. 요루에게 고자질한다?"

"잠깐만요! 또 오해를 부를 것 같으니까 참아주세요!"

모처럼 온 여행지에서 자매 싸움은 피하고 싶다.

"너희들도 와!"

"시원해서 기분 좋아요!"

아사키와 사유는 허리까지 바다에 잠겨 즐겁게 물을 뿌리고 놀고 있다.

나도 티셔츠를 벗고 그쪽으로 향하려고 했으나, 요루카는 티셔츠를 벗는 걸 주저했다.

"요루카, 수영 안 해?"

"할 건데……."

요루카는 대답하면서도 가만히 나를 올려다보았다.

"부끄러워?"

"응."

나는 세상이 끝나버린 듯한 기분으로 모래밭에 무릎을 꿇었다.

"모처럼 죽도록 고민한 끝에 고른 수영복을 보여주는 날인데 볼 수 없다니. 죽도록 기대하고 있었는데. 너무해."

나는 오열했다.

"그러니까, 그렇게 기대하면 나도 압박감을 느낀다고."

"무슨 소리야. 요루카와 바다에 온 것만으로도 최고의 여름이고, 그런데다 수영복 모습을 볼 수 있다니 나에게는 기적 같은 거라고. 영원히 보너스 점수가 붙지."

나는 숨김없이 진심을 늘어놓았다.

어째서인지 요루카는 입을 다물어버렸고, 근처에 있던 나나무라와 미야치가 의미심장한 시선을 이쪽에 보냈다.

"들으셨어요? 나나무."

"들었지, 미야우치. 세나는 여전히 파이어볼러라니까. 봐, 아리사카가 삶은 문어처럼 새빨개졌잖아."

"나는 딱히 틀린 말은 하지 않았어."

내 연인의 수영복 모습을 기대하는 게 뭐가 나빠.

"──아아, 정말이지! 고작 수영복이잖아!"

요루카가 마침내 티셔츠를 벗었다.

나는 숨을 삼켰다.

내가 고른 민트그린의 비키니를 입은 요루카가 눈앞에 서 있다. 상큼한 색상이 요루카의 하얀 피부에 잘 어우러지고, 걸리쉬한 디자인과 맞물려 청량함과 부드러운 인상을 강조했다. 성숙한 요루카에게 새로운 매력을 더해주는 절묘한 옷이다.

"…………."

"그래서. 감상은?"

요루카가 부끄러운 듯 자신의 팔을 끌어안으며 물었다.

"굉장히 잘 어울려! 평생 보고 싶어!"

"너무 솔직한 감상이라 징그러워……."

"칭찬이야. 온 힘을 다해 칭찬하는 거야."

"그건 충분히 전해졌지만, 기합이 너무 들어갔어!"

쑥스러움을 숨기려는 건지 요루카가 쌀쌀맞은 말을 돌려줘도 내 귀에는 제대로 들어오지 않았다. 그저 멍하니 쳐다보았다.

"저, 정말이지. 빨리 바다에 들어가자!"

요루카는 내 손을 잡았다.

계속 자기를 쳐다보게 둘 바에야 바닷속에 있는 게 낫다는 판단이겠지.

간신히 바다에 들어가자 뜨끈뜨끈했던 몸이 기분 좋게 시원해졌다.

"바다 기분 좋다."

미야치는 커다란 튜브에 쏙 들어가 파도 위를 둥실둥실 떠다녔다.

"미야치, 너무 편하게 있다가 흘러가지 않도록 조심해."

"아무리 그래도 잠들거나 하진 않거든. 게다가 나에게는 강력한 엔진이 달렸어."

"확 떨어트릴 기세로 가속해도 될까?"

미야치의 튜브를 나나무라가 뒤에서 밀고 있었다.

"엥. 싫어."

"싫다고 하면 오히려 하고 싶어지는데!"

"오오, 빠르다."

미야치도 즐거워하는 목소리.

어마어마한 기세로 물장구치는 나나무라로 인해 두 사람의 모습이 순식간에 멀어졌다.

"정말로 키스미와 바다에 있구나……."

요루카는 절절한 목소리로 중얼거렸다.

"응, 작년 여름과는 많이 다르지."

나는 요루카와 사귀게 될 줄은 꿈도 꾸지 못했고, 인간관계를 어려워하는 요루카가 이렇게 개인적으로 같은 학교 친구들과 놀러 오게 될 줄은 상상도 못 했을 것이다.

"친구와 함께 바다에 와 있다니, 왠지 신기해."

"다양한 체험을 하게 되어서 즐겁지?"

"응. 더 긴장할 줄 알았는데, 차 안에서도 계속 웃었던 것 같아."

"그러게. ……그런데 요루카, 억지로 어깨까지 담그고 있지 않아?"

요루카의 머리 위치가 묘하게 낮다. 수영복을 숨기기 위해 일부러 몸을 숙이고 있는 게 아닐까.

나는 요루카의 머리 위로 바닷물 아래, 비키니에 감싸인 가슴을 노골적으로 응시했다.

"그런 식으로 위에서 빤히 쳐다보지 마!"

"그럼 바닷속에서라면 괜찮아?"

나는 대답을 듣기도 전에 잠수했다.

소금물이라는 것도 아랑곳하지 않고 실눈을 떠 어떻게든 바닷속에서 요루카의 몸을 보려고 했다. 하지만 그 전에 시야가 갑자기 어두워졌다. 내 머리 뒤에 팔이 감겼다.

그리고 부드러운 감촉과 숨 막히는 감각이 동시에 밀어닥쳤다.

나는 그 정체를 바로 이해하고 필사적으로 물속에 머무르기 위해 참았다.

하지만 처음 끌어안긴 시점에서 놀란 나머지 폐에 담아 두었던 공기 대부분이 거품이 되어 사라졌다.

그래도 나는 참았다. 오히려 영원히 이렇게 있고 싶다.

거의 무산소 상태로 잠수의 한계에 도전했다.

"어? 저기. 괜찮은 거지? 거품도 안 나오는데."

요루카의 팔이 풀리는 것과 같은 타이밍에 나는 수면 위로 튀어나왔다.

격렬하게 호흡하며 몸이 필사적으로 산소를 갈구했다.

공기가 죽도록 맛있다.

"죽는 줄 알았어."

"얼마나 참은 거야!"

요루카는 자신의 장난에 진심을 발휘해버린 나를 걱정했다.

"어라? 여긴 천국인가? 아니면 현실?"

"어디일까."

"잠깐, 아까 행복한 감촉을 얼굴에 느꼈으니까 한 번 더 확인하고 올게."

내가 다시 잠수하려는 걸 요루카가 허둥지둥 막았다.

"키스미의 집착이 생각했던 것보다 더 대단했어. 금방 나올 줄 알았는데."

"무척 대담한 행동이라고 기뻤는데."

"그, 그냥 포옹이야."

"그래? 물속이었고 평소와는 여러모로 다르니까."

"됐어! 떠올리지 않아도 돼!"

"무리야. 굉장히 부드러웠어."

"말하지 마!"

요루카는 내 기억을 지우겠다는 듯 달려들었다.

"적극적으로 나와주는 건 연인으로서 기뻐."

"……아주 잠깐만이면 모르려나 했지."

"날 너무 무르게 봤는데."

연인의 얼굴이 바로 앞에 있다. 그리고는 슥 다가와 입술에 가볍게 키스했다.

"오늘의 키스는 짭짤하네."

"몰래 기쁨의 눈물을 흘렸기 때문이야."

"어디가. 히죽거리고 있는데."

"아무래도 여행 중에 키스는 어려울 것 같다고 생각했거든."

다른 사람이 있는 이상, 둘만 있을 때처럼은 하지 못할 줄 알았기 때문에 요루카의 기습 키스는 기쁜 오산이었다.

"──나 키스 좋아하나 봐."

"마음이 맞네. 나도 아주 좋아."

"한 번 더 할래?"

"하고 싶은데. 슬슬 합류하지 않으면 의심받을걸."

그렇게 태평한 이야기를 하고 있었는데, 또다시 내 인식이 너무 물렀다.

"아까 둘이서 뭐 했어? 잠수했다가 껴안았다가 즐거워 보이던데."

뒤늦게 다른 사람들이 있는 곳으로 돌아오자마자 아사키가 생긋 웃으며 말했다.

"키이 선배와 요루 선배는 여행지에서도 거리낌이 없구나."

"둘 다 러브러브하네!"

신이 나서 놀리는 사유와 미야치.

요루카는 날카로운 눈으로 아사키를 노려보았으나, 자신이 부른 결과이기 때문에 대놓고 비난하지 못하는 듯했다.

"~~~~윽."

"왜 그래? 아리사카. 연인끼리 오붓하니 부러운데?"

침묵하는 요루카. 부끄러워서 그런지 아사키를 향한 분노 때문인지 귀까지 빨개졌다.

"세~~ 나~~."

이렇게 제법 긴장되는 상황에, 으스스한 부름과 함께 나나무라가 물귀신처럼 수면 밑에서 얼굴을 내밀었다.

"으억, 뭐야. 그것도 왜 내 뒤에 서는 건데?"

왠지 불길한 예감이 든다.

"세나. 이번에는 단체 여행이야. 여자친구와 시시덕거리고 싶다면 밤까지 참아."

"두, 둘이서 대화한 것뿐이잖아!"

"아리사카는 어디에 있어도 눈에 띈다고! 조금은 주변을 배려해야지!"

그렇게 소리치더니 나나무라는 내 허리에 팔을 감아 단단히 붙잡았다.

"나나무라, 멈춰! 하지 마!"

"간사든 뭐든 봐주지 않는다!"

"진정해!"

나는 필사적으로 발버둥 치며 도망치려고 했으나, 나나무라의 두꺼운 팔은 꿈쩍도 하지 않는다.

"커플 죽어라아아아아아아————!!!!"

"너에게만은 듣고 싶지 않아————!!!!"

그대로 나는 공중을 높이 날았다. 힘이 뭐 이렇게 세냐.

한순간의 무중력.

하늘이 정면에 보인다 싶더니, 다음 순간에는 바다 위에 내동댕이쳐졌다.

"나이스, 나나무라!"

"단체의 화합을 흐트러트리는 녀석에게는 천벌이다!"

아사키와 나나무라는 손을 높이 들어 올려서 하이파이브.

나는 짜디짠 바닷물이 코에 정통으로 들어가 성대하게 콜록거렸다.

◇ ◇ ◇

그 후로 이래저래 바다에서 논 뒤 늦은 점심을 먹었다.

태양도 저물기 시작하고 미지근한 바닷바람과 포만감이 졸음을 실어와 푹신푹신한 목욕수건을 휘감고 느긋하게 휴식하는 흐름이 되었다.

그 타이밍을 기다렸다는 듯 나나무라가 '세나, 잠깐 와봐' 하고 나만 끌고 갔다.

다른 사람들이 있는 파라솔에서 점점 멀어졌다.

"아니, 아리사카 자매에 칸자키 선생님이라는 빅 쓰리는 박력이 넘쳐난단 말이지. 그다음은 성장한 모습을 기대할 수 있는 유키나미일까. 하세쿠라의 밸런스도 신들렸고. 미야치도 미야치대로 상당히 매력적인 체형이니 좋아하는 사람은 좋아하겠지."

"너 그거, 본인들 앞에선 절대 하지 마라. 죽을 테니까."

"남자끼리니까 솔직하게 털어놓는 거야."

"그래서 나나무라. 이쪽에 뭐 있어?"

일부러 가슴 토크를 하기 위해 나를 끌고 나온 건 아닐 테고.

나나무라는 잘 물어봤다는 듯 하얀 이를 드러내며 씩 웃었다.

"헌팅 도와줘."

"뭐?"

"헌팅. 저기에 마음에 드는 미인이 있으니까 말 걸러 갈 거야."

나나무라가 가리키는 곳에는 섹시한 수영복을 입은 누님들이 파라솔 아래에 누워있었다.

"가겠냐! 나에게는 요루카가 있다고."

"말 안 하면 문제없어."

"문제 많아. 그거 바람이라고."

"쩨쩨하긴."

"헌팅하고 싶다면 너 혼자 가."

"너에게도 한여름의 경험을 맛보게 해주려는 내 우정이야."

"요루카가 알면 할복감이거든."

"그 정도냐."

나나무라는 코웃음 쳤다.

"같은 해수욕장에 있는데 바보짓이지."

"남자는 리스크가 있어도 과감하게 도전해야 해."

"그런 도전정신은 나에겐 필요 없어!"

"매정하긴. 인생 경험이라고 생각해."

나나무라는 참으로 가볍게 꼬드겼다.

"같은 학교 학생들과 와 있는데 다른 여자에게 말을 걸 수 있는 정신상태가 오히려 의심스러워."

"그야 세나회의 여자에겐 차마 손을 댈 수 없고, 애초에 다들 내 매력에 넘어오지 않는 특수한 여자들이잖아. 너는 아리사카와 놀면 그만이지만, 나는 부족하단 말이야."

바다에 와서 수영복을 입은 여성들을 봤더니 나나무라의 욕망이 자극받았다는 건가.

"다른 사람들에게 들키면 더욱 싸늘한 눈으로 볼걸."

"괜찮다니까. 세나는 옆에 있기만 해. 잘 되면 적당한 구실을 대고 도망치면 되고."

"그래도 싫거든."

"그럼 키스한 거 학교에 퍼트린다?"

나나무라는 천연덕스럽게 가벼운 어조로 협박했다.

"그건 비겁하잖아!"

"남자의 우정을 배신한 대가는 무거워."

"진정한 우정에 대가는 필요 없어."

나는 거부했지만, 나나무라가 억지로 밀어붙였다.

우리 쪽의 여성진을 헌팅하는 놈들에게서 지키는 건 사전에 상정해두었다. 하지만 들러리라고는 해도 설마 헌팅하는 쪽이 될 줄은 몰랐다.

나나무라는 눈독을 들여놓았던, 사회인으로 보이는 여성 2인조에게 말을 걸었다.

그 와일드 타입의 외모와 단단하게 단련된 육체, 경쾌한 입담으로 상대방도 제법 적극적인 모양이었다.

"몸이 아주 좋네. 복근도 갈라졌잖아."

"만져볼래?"

"와, 딱딱해라. 대단해."

나나무라의 복근을 찌르며 흥분하는 긴 머리 누나.

나는 옆에서 지장보살처럼 한마디도 하지 않고 우뚝 서 있기만 했다. 내가 있을 의미 있나?

그러다 나나무라가 단숨에 마무리에 들어갔다.

굉장한데. 왠지 잘 될 것 같은 느낌.

"그럼 나는 이쪽이 더 좋아. 왠지 풋풋해서."

그 순간, 설마 했던 전개?!

"아니, 저는 그, 괜찮습니다."

"와, 긴장한 게 귀여워!"

짧은 머리 누나가 멋대로 신이 나버렸는데요?!

"잘됐네, 세나."

뭐가 잘됐다는 거냐, 바보야!

"걱정하지 않아도 부드럽게 해줄게. 저쪽은 저쪽대로 화기애애한 모양이고."

누나가 뱀처럼 내 옆에 스르륵 다가왔다.

"──두 사람, 뭐 하는 겁니까?"

뒤를 돌아보자 칸자키 선생님이 서 있었다.

"꽥?!"

나나무라는 개구리가 짓밟혔을 때와 같은 괴성을 질렀다.

조금 전까지 적극적이었던 2인조는 칸자키 선생님의 미모와 언짢아 보이는 표정에 주눅이 든 건지 굳어버렸다.

"그들은 둘 다 고등학생입니다. 관심을 거둬 주세요."

칸자키 선생님은 간단하게 설명한 뒤, 여성 2인조에서 우리에게 시선을 옮겼다.

"두 사람은 고등학생의 신분으로 뭘 하고 있었던 거죠?"

선생님의 목소리가 무지막지 날카롭다.

"미안하다, 세나. 강렬한 배탈이 나서 화장실 다녀올게. 뒷일은 맡기마!"

농구부 에이스의 어마어마한 각력으로 모래바람을 일으키며 초고속으로 도주하는 나나무라. 내가 불러세울 새도 없이 190cm의 장신은 순식간에 작아졌다.

아니, 배탈이라면서 발이 너무 빠르잖아!

가장 의욕적이었던 나나무라가 탈주하는 바람에 분위기가 너무 미묘해졌다고!

"가죠, **키스미 씨.**"

칸자키 선생님은 기습하듯, 가짜 남자친구 노릇을 할 때의 호칭으로 내 팔을 잡아당겼다.

"앗, 잠깐만요."

먹이를 빼앗겼다는 듯 눈썹을 치켜세우는 누나.

"이 아이는 제 부모님과도 인사한 사이라서요. 손을 대시면 곤란합니다. 제가 고이 키우는 중이니까요. 그럼."

그 말로 상대방을 물리친 선생님이 억지로 나를 잡아당겼다.

빠르게 걸어가며 잠시 침묵.

누나들로부터 충분히 거리가 떨어진 곳까지 오자, 선생님은 팔을 놓고 나를 돌아보았다.

"──무언가 할 말이 있나요?"

"살려주세요, 선생님! 저는 그냥 휘말린 것뿐이에요!"

나는 진심으로 애원했다.

"나나무라 학생이 제안한 거겠죠."

"맞습니다."

"왜 거절하지 않은 겁니까?"

"거절하려고는 했지만, 남자의 의리로……."

"불결하군요."

"누명이에요!"

왜 쨍쨍하게 빛나는 한여름의 태양 아래, 작렬하는 모래 사장에서 수영복을 입은 미인 선생님으로부터 잔소리를 들어야 하나.

"세나 학생이어도 그런 일을 하다니, 조금 실망했습니다."

"오해입니다. 믿어주세요, 시즈루 씨!"

내가 엉겁결에 소리치자 선생님의 어깨가 움찔 떨렸다.

"갑자기 이름으로 부르는 건 반칙입니다!"

그렇게 말하는 선생님의 얼굴에는 평소 교실에서 보여주는 냉정침착함은 없고, 오히려 가짜 남자친구를 하던 때 보여주었던 것 같은 감정적인 것이 번져 있었다.

그렇게 놀랄 만한 일이었나?

"선생님도 아까 절 이름으로 부르셨잖아요."

"그건 당신을 데려오기 위한 연극입니다. 다른 의도는 없습니다!"

칸자키 선생님이 단호한 목소리로 크게 변명했다.

"그, 그렇게 필사적으로 부정하지 않으셔도 알거든요."

"실례했습니다. 아뇨, 이상한 오해를 만들면 큰일이니까요."

"걱정하지 않으셔도 선생님이 학생을 위하신다는 건 알아요."

"그렇습니다. 저희는 어디까지나 교사와 학생! 그 이상도 그 이하도 아닙니다."

유난히 강조하면서 부정하니 오히려 의심스러워진다.

"……선생님, 무슨 일 있으세요?"

"무슨 일이 있으면 곤란합니다!"

선생님은 비명처럼 소리친다 싶더니, 부끄러운 듯 고개를 숙이고 이번에는 작은 목소리로 '잠시 머리를 식히고 오겠습니다'라고 한 뒤 도망치듯 파라솔이 있는 방향과는 다른 방향으로 걸어가 버렸다.

내가 파라솔로 돌아가자 그곳에는 요루카밖에 없었다.

"다른 사람은?"

"언니는 술이 없어져서 더 사러 갔어. 칸자키 선생님은 화장실이라고 했는데. 다른 애들은 또 바다에 갔고. 나나무라는 어디 갔어?"

"그런 배신자는 몰라."

나는 씹어뱉듯 말한 뒤 요루카 옆에 앉았다.

"그런데 키스미. 잠시 괜찮을까?"

"왜 그래?"

요루카는 조심스럽게 말을 걸었다.

"만약을 위해 선크림을 다시 바르고 싶은데, 도와주지 않을래?"

"피부가 약하면 자외선 대책도 고생이구나."

"나는 특히 금방 빨개지거든. 자, 여기."

요루카는 자신의 선크림을 건네주었다.

"일단 확인하는데, 정말 내가 해도 돼?"

"지금 부탁할 수 있는 건 키스미뿐이잖아."

요루카는 쭈뼛쭈뼛 등을 돌렸다.

"그렇긴 하지. 이대로 해도 돼?"

"으음, 그럼 엎드릴게."

요루카는 몸을 숙여 한 손으로 비키니의 끈을 풀었다.

"그럼 간다."

"응. 부탁해."

나는 선크림을 손에 착착 문지른 뒤 각오를 다지고 요루카의 등을 만졌다.

"으응."

그 순간, 요루카가 작게 요염한 목소리를 흘렸다.

"요, 요루카?"

"아니야. 계속해. 괜찮으니까."

나는 요루카의 말을 믿고 계속했다. 내 작은 움직임에도 민감하게 반응하며, 그때마다 뜨거운 호흡을 흘리는 요루카.

고작 선크림을 바르는 것뿐인데 이 배덕함은 뭘까.

어째서인지 요루카의 숨소리가 거칠어지고 귀 끝까지 새빨개졌다.

어깨와 등, 허리까지 빠짐없이 바른 뒤 내 손이 멈췄다. 순서상 그대로 하반신으로 내려가게 된다. 즉, 다음은 엉덩이다. 이거 괜찮은 건가?

"키스미······. 왜 그래?"

요루카는 어깨 너머로 돌아보며 상기된 목소리로 물었다.

"아, 아니. 지금 선크림 짜는 중이야."

나는 다시 선크림을 손바닥에 짠 뒤 먼저 발부터 발랐다. 가느다란 발목에서 우아한 종아리로 손을 미끄러뜨렸다. 오금까지 도착했을 때 손이 순간 멈췄다.

요루카는 아무 말도 하지 않았다.

나는 이대로 가도 괜찮다는 신호로 받아들이고 신중하게 허벅지를 문질렀다. 부드럽고 탱탱한 탄력을 손바닥으로 느꼈다. 내 두 손이 다시 엉덩이로 다가갔다.

어? 어쩌지? 이대로 엉덩이를 만져도 되는 건가?

망설이느라 집중이 흐트러졌다.

"히웃?!"

안쪽 허벅지에 닿았던 내 엄지가 상당히 아슬아슬한 위치까지 올라가 있었다.

"키이 선배, 바다에서 야한 짓은 금지예요!"

"으억?!"

어느새 돌아와 있던 사유가 이쪽을 노려보았다.

"되게 놀라네. 위험한 짓을 했다는 자각이 있나 보네요?"

"그, 그럴 리가 있나!"

"요루 선배를 만져서 행복하다 쯤은 생각했겠죠."

"알면 방해하지 마."

"뿌우! 연인이라고 이런 해수욕장 한복판에서 발정하지

말아 주세요."

"발정은 무슨, 이건 연인 간의 스킨십 중 하나잖아!"

"저, 저기. 나머지도 빨리 발라주지 않을래? 부끄러운데."

내가 항의하는 옆에서 계속 방치당한 요루카가 가느다란 목소리로 호소했다.

"요루 선배, 제가 해 드릴게요. 자요. 키이 선배는 비키세요."

사유가 억지로 나와 교대했다.

여자끼리이니 사유의 손놀림은 거리낌도 거침도 없었다.

내가 망설이던 엉덩이까지 꼼꼼하게 발랐다.

"우와, 요루 선배의 피부 매끄럽고 부드러워요. 만지니까 기분 좋네요."

"사유, 실황 하지 마."

"죄송해요. 그만 즐거워서."

옆에서 보기만 해야 하는 나는 왠지 속이 답답해졌다.

아니, 이건 에스테 같은 거잖아. 피부 보호를 위해 선크림을 바르는 것뿐이다.

"요루 선배, 빠진 곳이 없도록 만약을 위해 옆구리도 바를게요."

사유는 옆구리 아래로 손을 미끄러트렸다. 그리고는 표정이 확 바뀌었다.

"우와, 가슴 크다. 대박."

"사유, 그렇게 대단해?!"

"네. 국보급이에요!"

사유의 진지한 감상에 내 상상의 날개가 펄럭였다.

바닷속에서 얼굴에 닿았던 두 개의 둔덕은 국보급이었던 건가.

"이상한 감상 늘어놓지 마! 간지러워!"

요루카는 몸을 비틀며 사유의 손에서 도망치려 했다.

"그렇지만 요루 선배의 훌륭한 장점을 깔끔하게 보존하고 싶은걸요!"

"너무 만져!"

가슴의 마력에 사로잡힌 사유의 손은 멈추지 않았다.

나는 대체 어디까지 바르는 거냐며 응시했다.

"──이제 그만해!"

요루카의 외침에 나는 정신을 차렸다.

"사유! 장난이 너무 과해!"

불특정 다수의 인간이 이용하는 해수욕장인 이상 이건 공연음란죄에 해당하는 게 아닐까. 다는 바로 제지했다.

그러고도 계속 요루카에게 달라붙는 사유를 떼어냈다.

"제, 제가 요루 선배의 가슴을 자외선에서 지킬 거예요!"

"글렀네. 가슴의 마력에 홀렸어."

여름의 마물은 여자에게도 효과적이었다.

사유는 포박된 상태로도 버둥거렸다. 필사적으로 뻗은 두 손은 허공을 주물러댔다. 나보다 더 발정한 거 아니냐. 젠장, 솔직히 부러워.

"가슴의 마력이라니 뭔데! 바보야?"

큰 소리로 입씨름하던 우리는 요루카에게서 '이 선후배 콤비는 바보인 거야?'라며 호되게 혼났다.

바다에서 별장으로 돌아온 우리는 이 별장의 묘미인 노천온천에 직행하기로 했다.

"대욕탕은 하나밖에 없으니, 죄송하지만 두 사람은 기다려주세요."

"그게 뭐야~~~!! 혼욕하자~~~!!"

나나무라의 절규가 별장 안에 울려 퍼졌다.

물론 여성진으로부터 어마어마한 매도가 폭우처럼 쏟아졌다는 건 말할 것도 없다.

"당연히 탈의실에는 잠금장치를 걸어둘 것이니 파렴치한 짓은 불가능합니다. 어떠한 방법을 이용해서 훔쳐보려고 한다면 교육상 간과할 수 없으니 명심하세요."

칸자키 선생님은 어디까지나 차분한 어조로 말했으나, 눈은 웃지 않았다.

"세, 세나도 혼욕하고 싶지?"

"이번에는 전혀 공감도 못 하고 도움도 못 준다."

나도 무자비하게 밀어냈다.

"하다못해 엿보기는 하자."

"나나무라, 그런 건 남자의 어리석은 환상이야. 정신 차려."

"아니아니, 오히려 여자들에게 예의를 차리는 거지."

"너 그거 진심으로 하는 말이라면 경멸한다. 나는 전력으로 막을 거야."

내 살기등등한 경고에 나나무라는 웬일로 순순히 물러났다.

어느 세상에 자기 연인이 들어간 욕실을 훔쳐보게 두는 남자가 있겠냐. 아니, 절대 없을 거다.

"우리는 바깥에 있는 수도에서 바닷물을 씻을 테니까, 신경 쓰지 말고 느긋하게 즐겨."

나는 나나무라를 밖으로 연행했다.

그런 고로 목욕 타임이다.

수증기 너머는 천국이었습니다.

전원 뜨거운 물 속에 몸을 담가도 발을 뻗을 수 있을 만큼 넓은 대욕탕은 원천에서 솟아난 물을 재활용하지 않고 그대로 흘려보내는 타입. 훌륭하게 꾸며놓아 온천여관으로도 손색이 없는 본격적인 시설이었다.

물은 조금 뜨거운 편이었지만, 미용에도 효과가 좋은 성분이 들어있어 여성진의 환심을 샀다.

"역시 큰 욕실은 좋군요."

"시즈루. 몇 번을 와도 이 욕실은 최고야."

어른 2인조는 완전히 어깨에서 힘을 빼고 늘어졌다.

"선생님, 왜 개인 별장인데 이렇게 훌륭한 온천이 있는 건가요?"

그렇게 물어보며 아사키는 일찌감치 물 속에서 나와 욕조 가장자리에 앉았다.

"오래된 펜션을 별장으로 개조했습니다. 그 흔적이죠. 손님을 초대할 일도 있을 것이라며 부모님께서 일부러 그대로 두셨다 합니다."

"그래서 건물은 현대식인데 욕실은 전통의 정취가 느껴지는군요."

아사키는 고개를 주억거리며 새삼 욕실 전체를 둘러보았다.

"넓어서 무심코 헤엄치고 싶어져요."

"이해합니다. 저도 어린아이일 때는 어머니의 눈을 피해 헤엄쳤었죠."

아사키의 감상에 시즈루는 어린 시절을 떠올리며 웃었다.

"아아, 기분 좋아. 천국……."

요루카는 어깨까지 담그고 무방비한 목소리를 흘렸다.

뜨거운 물이 피로를 녹여주는 듯한 감각에 표정이 풀어졌다.

"요루 선배, 역시 가슴 커요."

옆에서 사유가 물에 뜬 유방을 응시했다.

"사유, 언제부터 그렇게 가슴에 집착하게 된 거야?"

화장을 지우고 맨얼굴이 된 히나카는 동안도 더해져 한층 어려 보였다.

"아니, 국보급의 매력에는 저항할 수 없잖아요."

사유는 낮에 느낀 감촉을 잊을 수 없는 건지 두 손을 쥐었다 폈다 했다.

"자기 가슴으로 참아!"

요루카는 경계하듯 가슴께를 팔로 가렸다.

"자기 거랑 남의 거는 다르다고요."

사유는 자신의 가슴을 두 손으로 덜렁 들어 올렸다. 요루카만큼은 아니지만 사유도 고등학교 1학년치고는 큰 편이다. 게다가 아직 성장 중이다.

사유는 욕실에 있는 여성진을 슥 둘러보았다.

"크기로는 칸자키 선생님이 원톱이고, 그 뒤에 아리사카 자매가 있다는 느낌이네요. 크으, 같은 DNA란 강하구나! 여기에 밸런스형인 아사 선배. 히나카 선배는 귀여운 크기네요. 으음, 안구가 정화된다."

"……사유, 남자들에겐 절대 떠벌리지 마."

천진난만하게 평가하는 후배를 향해 여성진은 눈썹을 찡그리며 혼내는 듯한 시선을 보냈다.

"당연하죠. 정보는 독점해야 가치가 있는 거니까요. 그런데 요루 선배."

"왜?"

"역시 최근에는 키이 선배가 키워주고 있나요?"

"그럴 리 없잖아!"

옷과 함께 체면치레도 벗어버렸다는 양 사유는 거리낌 없이 질문했다.

"키이 선배도 참, 연인인데 용케 참네요. 저였다면 한입
했을 텐데."

"과일처럼 말하지 마!"

"남자에겐 금단의 과일이죠."

"쓸데 없는 소릴."

아사키가 냉소했다.

"스미스미는 그런 부분은 착실하지 않을까?"

히나카가 이야기의 흐름을 바꾸기 위해 슬쩍 가담했다.

"잠깐, 요루! 언니는 용서 못 해!"

아리아는 간과할 수 없다는 듯 즉시 끼어들었다.

"언니까지 난입하지 마!"

아무리 가족이라고 해도 그런 부분까지 관심을 보이는
건 요루카로서도 반응하기 곤란하다.

"저기, 일단은 담임 교사가 있는 곳에서 너무 적나라한
이야기는 자중해주시죠."

시즈루는 난감해 보였다.

"방심하면 안 돼, 시즈루! 여름방학이 끝나고 보건실로
상담하러 갔다는 여자애들 이야기는 매년 넘쳐나니까! 담
임으로서 제대로 그 부분을 감시해야지."

"확실히 그런 사건은 거의 매년 듣습니다만……."

학생들이 있는 앞에서 뭐라고 대답해야 할지 곤란했던
시즈루가 말을 골랐다.

욕실의 걸즈 토크는 계속해서 달아올랐다.

"유키나미 학생. 잠시 괜찮을까요?"

목욕하고 나온 뒤, 사유가 거실 소파에 앉아있자 시즈루가 말을 걸었다.

갑작스러운 일에 사유는 긴장했다.

조금 전 욕실에서는 너무 과했을지도 모른다. 자신의 행동을 돌아보며 기다렸다.

"그렇게 긴장하지 마세요."

두 사람은 차가운 마실 것을 들고 테라스로 나왔다.

해 질 녘의 시원한 바람이 달아오른 피부를 기분 좋게 식혀주었다.

"저기, 칸자키 선생님. 새삼스럽지만 저도 따라와도 괜찮았던 건가요? 학년도 다르고, 담임도 아닌데."

"네, 물론입니다. 유키나미 학생이 제 부모님께 이야기해준 덕분에 이렇게 계속 교사 일을 할 수 있으니까요. 여러분께는 몇 번을 감사해도 부족합니다."

"그건 저 나름의 속죄니까요."

"거창한 표현이군요."

"하지만 그, 봄에 있던 그 소문 건으로 다도부에도 폐를 끼쳤는걸요."

"유키나미 학생. 당사자인 세나 학생과 아리사카 학생이 받아들인 이상 제가 할 말은 없습니다. 그러니 소문은 사실무근이었던 거죠."

"정말로 죄송합니다."

시즈루는 생각했던 것 이상으로 사유가 죄책감을 느끼고 있었다는 걸 깨달았다.

사유는 너무 면목이 없어 잔뜩 움츠리고 있다. 우연이라고는 하나 자기 때문에 소문이 퍼진 것을 과하게 반성하고 있었다.

실수하는 게 아이라면, 그걸 반성하고 성장할 수 있는 것도 아이의 특권이다.

실수를 실수인 채 부정적인 기억으로 끝내는 건, 교육자인 칸자키 시즈루는 용서할 수 없다.

시즈루는 본론을 꺼냈다.

"저는 혼내고 싶은 게 아니라, 부탁이 있어서 왔습니다."

"무슨 부탁인데요?"

"──다도부에 들어오지 않겠습니까?"

"네?"

너무나도 뜻밖의 권유에 사유는 제 귀를 의심했다.

"저기, 이제와서 곤란하진 않나요?"

"괜찮습니다. 모처럼 체험 입부에 와 주었다는 인연도 있는걸요. 만약 유키나미 학생이 아직 다도부에 관심이 있다면 고문으로서 환영합니다."

"하지만……."

"저는 기대하는 사람을 늘 직접 지명합니다. 세나 학생은 그래서 2년 연속 학급 임원이 되었죠."

시즈루는 시원스러운 얼굴로 말했다.

"키이 선배는 선생님께 굉장히 신뢰받고 있네요."

"당신도 마찬가지입니다. 부디 긍정적으로 검토해주세요."

"……생각해 볼게요."

지금의 사유에겐 그렇게 대답하는 게 최선이었다.

절묘하게도 세나 키스미와 마찬가지로 유키나미 사유 또한 칸자키 시즈루의 말에 마음이 흔들리고 있었다.

◇ ◇ ◇

"기뻐해라! 시즈루가 비싼 고기를 사 줬다고!"

아리아 씨의 외침에 우리 남자 둘은 우렁찬 함성과 함께 하늘을 향해 주먹을 치켜들었다.

"요리를 잘하는 시즈루와 요루가 재료 준비를 담당하고, 그 외엔 밖에서 바비큐 준비야. 가자, 보이즈 앤드 걸즈!"

아리아 씨는 당연하다는 듯 척척 지시를 내렸다.

"아리아 씨, 굉장히 신나셨네요."

"다 함께 바비큐 파티잖아. 즐겁지 않아? 나 야외에서 먹는 거 꽤 좋아해."

"저도 좋아해요. 우선 남자는 힘쓰는 일인가요?"

이미 부엌에선 칸자키 선생님과 요루카가 훌륭한 솜씨로 재료를 착착 썰고 있었다.

여기에 머무르는 동안은 직접 밥을 해 먹어야 하기 때문에, 요리를 잘하는 두 사람이 있으니 안심감이 대단하다.

먼저 식칼 소리가 리드미컬하다. 먹기 좋은 크기로 썰고 준비를 빠르게 끝낸다. 최소한의 대화만으로 막힘없는 연계 플레이를 보여주는 두 사람을 보면 프로의 주방이라는 착각이 들 정도다.

요루카는 개인 앞치마를 지참해 왔다.

그 모습도 무척 귀엽다.

화려한 칼솜씨를 더 바라보고 싶은 기분에 사로잡히면서도 나도 바깥쪽 준비를 하러 갔다.

해 질 녘의 정원에 모기향 연기가 피어오른다.

노출한 목이나 손, 발 등에 벌레 방지 스프레이를 뿌린 뒤 목장갑을 착용하고 준비 완료.

과거 몇 번인가 이 별장에 찾아온 적이 있는 아리아 씨는 자기 집처럼 안내했다.

우리는 힘을 모아 창고에서 바비큐 세트를 꺼냈다.

"뭐든 다 갖추고 있네요."

나는 깔끔하게 정돈된 창고 안에 충실히 갖춰진 용구들을 보고 감탄했다.

"딱딱한 사람처럼 보이지만, 시즈루의 어머니는 파티를 좋아하거든. 남을 대접하는 게 즐거운가 봐. 만약 또 만날 기회가 있다면 실컷 얻어먹을 수 있을걸. 그 대신 어마어마하게 먹이지만."

"다음에 그분들을 만나면 저는 살해당할걸요."

칸자키 선생님의 가짜 남자친구로서 위압감 넘치는 두 분을 만났던 나는 굉장히 조마조마했었다.

"진심으로 미워했으면 이런 별장까지 초대 안 하지."

"어차피 저는 소심하다구요."

"소중한 동생을 빼앗아 간 남자가 무슨 겸손한 소릴."

아리아 씨가 손가락으로 쿡쿡 찔렀다.

"그야 요루카를 소중하게 여기는 마음은 아리아 씨에게도 안 지지만요."

나는 진지하게 대답했다.

"——나와 진심으로 경쟁하려 드는 건 요루와 스미 정도야."

아리아 씨의 얼굴이 조금 쓸쓸해 보였다.

"아, 숯이 좀 부족한가? 만약을 위해 장작 패 놔야겠다. 남으면 모닥불에 쓰면 되고."

장작 패기는 나나무라에게 일임했다.

도끼를 들어 쓰기 좋은 크기로 나무를 자른다. 몸을 어떻게 써야 하는지 아는 나나무라는 딱히 고전하지도 않고 균등한 크기로 장작을 팼다. 훌륭한 솜씨다.

나는 바비큐 세트에 숯과 착화제를 설치했다. 불씨를 피우고 부채로 바람을 보내 불을 키웠다.

여자들은 테이블에 식기와 음식을 날랐다.

"아리아 씨, 굉장히 익숙한 느낌이네요. 솔직히 의외예요."

내가 불의 크기를 조절하는 걸 아리아 씨가 옆에서 지켜보았다.

"대학 연구실에서 자주 바비큐 하거든. 야외에서 식사하는 것도 개방적이라 좋아하니까. 뭐, 이렇게 나는 맥주를 들고 지시만 내릴 뿐이지만."

"아직 고기는 한 점도 안 구웠는데요."

"미소녀들이 노동하는 모습을 보기만 해도 좋은 안주가 된단다."

"바다에서도 마셨으면서. 너무 과음하진 마세요."

나는 진심으로 걱정되었다.

"취해서 뻗으면 또 스미가 간호해줘."

"그런 추태를 보이면 요루카에게 또 금주당할 걸요. 애초에 그때는 용케 참으셨네요."

"그때는 뭐, 일종의 매듭 같은 거였고."

"저와 한 약속 제대로 기억하세요?"

"의심되면 한 번 더 손가락 걸까?"

"그 반응을 보면 괜찮겠네요."

불이 안정된 것을 확인한 후 나는 망과 철판을 올려놨다.

전체에 열이 퍼지면 언제든 고기를 구울 수 있게 된다.

"저기, 스미. 나는 늘 뭔가를 꾸미는 게 아니야. 평범하게 대화하던 도중에 상대방이 알아서 자극을 받는 것뿐이지. 아, 다 마셔버렸네."

아리아 씨는 빈 캔을 테이블에 내려놓으려 했다.

"저쪽에 쓰레기통 있으니까 거기에 버리세요."

"그럼 스미, 맡길게."

선물이라도 주는 것처럼 나에게 넘기려 한다.

"어리광부리지 마세요."

"나 젓가락보다 무거운 건 못 들어."

"350ml의 캔맥주를 본인이 잘 들고 마신 거잖아요."

갑작스럽게 부자 속성을 발휘하지 마시죠.

"겸사겸사 하나 더 가져다줘."

"셀프서비스입니다."

"불은 내가 봐줄게."

"아리아 씨."

"스미가 엄격해."

"아리아 씨는 남들이 돌봐주는 거에 너무 익숙해요."

"24시간 내내 지켜봐 주지 않으면 죽어버릴지도."

농담을 날리는 아리아 씨는 참으로 즐거워 보였다.

"정말 안 지루하겠네."

"응. 나와 함께라면 즐거운 인생을 보장함."

아리아 씨의 미소가 매력적이라 나는 무심코 넋을 놓아
버렸다.

"뭐야. 내 얼굴을 빤히 쳐다보고."

"그냥 예쁘게 생겼다는 걸 재확인한 것뿐이에요."

"······갑자기 칭찬하지 마. 뭔가 이상하잖아. 아, 스미가
안 해주니까 내가 새 맥주 가져와야지!"

아리아 씨는 빈 캔을 들고 휙 가버렸다.

칸자키 선생님과 요루카가 밑처리를 한 식재가 차례차례 바비큐용 철망 위에 올라갔다.

칸자키 선생님의 집에서는 냄비의 지배자였던 아리아 씨는 오늘은 불판의 지배자. 마블링이 들어간 고급 소고기를 솜씨 좋게 구웠다. 조급해하지 않고 요란하지 않고, 세심한 주의를 기울이며 고기를 지켜본다.

"우와, 맛있겠다." "육즙이 눈부셔."

나와 나나무라는 젓가락과 그릇을 들고 고기가 다 구워지길 이제나저제나 기다리고 있다.

"음, OK. 먹어도 좋아!"

""잘 먹겠습니다!!""

냉큼 달려들어 갓 구워낸 고기를 입에 넣었다.

뜨겁다. 그리고 고기 기름이 달달하고 맛있다. 오늘은 몸을 많이 움직여서 칼로리가 채워지는 느낌이 끝내준다.

"아, 고기가 굉장히 부드러워. 대단해라."

아사키도 고급 소고기의 감칠맛에 감동한 듯 표정이 풀어졌다.

"밖에서 먹는 건 왠지 즐겁네."

미야치도 만끽하고 있는 모양이었다.

"이 새우도 탱글탱글해요."

사유는 행복해 보이는 얼굴로 먹기 좋게 껍질을 벗기고 구운 새우를 음미했다.

"아직 고기는 많이 있으니까, 다들 사양하지 마세요."

"채소도 먹어. 그리고 마무리로 야키소바도 만들 수 있어."

부엌 팀인 칸지키 선생님과 요루카가 말을 건넸다.

불 앞에서 대기하는 남성진의 식욕은 멈출 줄을 모른다.

고기를 닥치는 대로 다 먹어 치울 듯한 상태였다.

"잠깐만요, 키이 선배. 그 고기는 제가 노리던 건데요!"

"무르긴. 빠른 사람이 임자야."

"뿌우! 식탐이야. 비키세요."

사유도 끼어들었다.

"좋아, 그럼 귀여운 아이를 먼저 챙겨줄게."

불판의 지배자인 아리아 씨는 적절히 구워진 고기를 사유의 접시에 올려놓았다.

"와, 요루 선배의 언니는 천사야!"

"저도 그쪽에 있는 고기 먹고 싶어요!"

"그래. 미야우치도 마음껏 먹으렴."

"만세!"

아리아 씨는 요구가 날아오는 대로 먹을 때가 된 고기를 미야치의 접시에 올렸다.

""뭐예요! 남녀차별 반대!""

나와 나나무라가 즉각 항의했다.

"남자 둘은 진정해. 조금은 채소도 먹으라고."

아리아 씨가 고기가 아닌 구운 채소를 접시에 가득 올려 주었다.

"채소도 맛있지만 고기의 매력에는 못 이긴단 말이지."

"무엇보다 단순히 양이 부족해."

나도 나나무라도 접시에 올라간 채소를 순식간에 비운 뒤 다시 고기를 갈망하며 불 앞에 섰다.

"스미스미. 나나무. 이건 빨리 먹기 대회가 아니야."

"맞아요. 맛있는 건 다 함께 나눠야죠."

미야치도 사유도 우리의 식욕에 고개를 내저었다.

"고기를 충분히 샀다고 생각했는데요. 부족하려나요."

칸자키 선생님은 고민하면서 재료가 줄어드는 속도를 걱정했다.

"운동부인 나나무라는 그렇다 쳐도, 키스미도 그렇게 많이 먹는구나. 남자인 걸 이렇게 느끼네."

아사키는 의외인 모양이었다.

"키스미는 꽤 먹어. 평소 도시락도 많이 만드는 편인데, 깔끔하게 비우거든."

"……아리사카. 자연스럽게 과시하지 말아 줄래?"

"미안해. 나에겐 딱히 놀라운 일이 아니라서 그만."

요루카와 아사키의 시선이 부딪치며 파직파직 불꽃이 튀었다.

"요루, 먼저 야키소바면 가져와. 이대로는 굶주린 남자들이 고기를 전부 먹어 치우겠어. 다 구워진 건 테이블에 가져가는 방식으로 바꿀 거야. 먹기만 하는 사람은 착석!"

보다 못한 불판의 지배자가 적절한 명령을 내렸다.

"저기. 키이 선배, 요루 선배. 잠깐 괜찮을까요?"

바비큐 도중, 나와 요루카가 둘만 있게 된 타이밍에 사유가 말을 걸었다.

굉장히 긴장한 얼굴이었다.

"무슨 일이야? 새삼."

사유는 말을 할지 말지 고민하는 모양이었다. 평소 거침없이 말하는 사유치고는 드문 일이다.

"네. 아, 그치만 조금 뻔뻔한 부탁이랄까."

"또 요루카의 가슴을 노리는 거야?"

"진지한 상담이거든요!"

긴장을 풀어주려고 한 내 농담을 사유가 전력으로 부정했다. 요루카도 팔꿈치로 나를 찔렀다.

"두 분에게 허락을 받으려고⋯⋯."

"허락이라니, 무슨 딱딱한 소릴."

"사실 칸자키 선생님에게 다도부에 들어오지 않겠냐는 권유를 받았거든요."

"사유는 어떻게 하고 싶어?"

"저도 가능하면 입부하고 싶어요!"

사유는 단호한 목소리로 대답했다.

"그럼 들어가. 그렇지? 요루카."

"응. 사유에게 그럴 마음이 있다면 나도 그게 제일 좋다고 봐."

나도 요루카도 이견은 없다.

아니, 애초에 왜 굳이 우리에게 허락을 구하는 거지?

"두 분에겐 특히 폐를 끼쳤으니까요……."

"사유도 성실하긴. 칸자키 선생님이 허락하신 거면 문제없어."

"오히려 사유가 있었기 때문에 이 세나회라는 그룹이 만들어졌잖아. 나한테는 오히려 고마울 정도야."

세나회 발족의 계기가 된 노래방도, 생각해 보면 사유와 재회한 게 발단이었다.

다 함께 노래방에 가지 않았다면 이렇게 세나회가 결성되지 않았다.

나아가 칸자키 선생님의 맞선을 회피하지도 못했을 가능성도 있다.

이 후배의 행동이 의외로 우리에게 변화를 가져다주는 계기가 된 건지도 모른다.

"그러니까 사유, 이제 신경 쓰지 마."

"다도부는 문화제에서 차를 달이곤 하지? 같이 놀러 갈 테니까, 그때는 잘 부탁해. 사유."

"네! 그렇게 되도록 노력하겠습니다."

사유는 환해진 표정으로 웃었다.

◇ ◇ ◇

전원이 배가 그득해졌을 때는 완전히 날이 저물어버린 뒤였다.

아리아 씨가 모닥불을 피우자 거기에 여성진이 모여들어 마시멜로를 구웠다.

아사키만은 혼자 테이블에 앉아 따뜻한 홍차를 마셨다.

"아사키, 고기 충분히 먹었어? 나와 나나무라가 너무 많이 먹었나?"

"응, 괜찮아. 이제 배불러. 여름에는 위가 작아지거든."

"축제 때도 그랬지만 더위에 약하네."

"오늘은 바다에서 노느라 피곤한 것도 있을지도."

"그렇구나. 무리하지 마."

"걱정해줘서 고마워."

아사키는 여느 때보다 더 얌전하다.

하지만 테이블에 놓인 아사키의 스마트폰은 조금 전부터 계속 진동하고 있었다. 메시지가 계속 오고 있는 모양이다.

"신경 쓰지 말고 확인해."

"됐어. 답장하면 또 연속으로 보낼 뿐인걸."

"혹시 하나비시야?"

"맞아. 여름방학이 된 뒤로 너무 끈질겨. 내가 한 번 보내면 저쪽은 열 번 스무 번 돌아온다고. 비슷한 속도로 주고받을 수 없는 상대는 정말 힘들어. 피곤해."

아사키가 한숨을 흘렸다.

기본적으로 수동적인 인기남 하나비시가 이렇게 적극적으로 나오는 걸 보면, 체육관에서 그 녀석이 말했듯 아사키에게는 상당히 진심인 모양이다.

"아사키가 항복하다니 대단하네."

"……정말, 지금 키스미처럼 배려해주는 한마디만으로 충분해. 그런데 일방적으로 자기 이야기만 하는걸. 딱히 나는 물어보지도 않았고 관심도 없는데."

평소의 사근사근함은 어디로 간 건지, 아사키는 짜증을 숨기지 않았다.

뭐, 하나비시만이 아니라 사랑에 빠진 남자는 좋아하는 여자에게 무슨 이야기든 하고 싶을 테지. 다만 대화를 많이 할수록 상대방의 관심을 끌 수 있다면 고생하지도 않는다. 좋아하기 때문에 제대로 말하지 못하고 헛돌게 된다.

사랑에 빠지면 아무래도 서툴러진다.

나도 작년 요루카와 대화하기 위해 미술 준비실에 다녔는데, 고백에 OK를 받을 때까지 쌍방이라는 걸 눈치채지 못했다.

"이거 같이 먹자. 하세쿠라도."

요루카는 구운 마시멜로를 비스킷 사이에 끼운 걸 접시에 담아 가져왔다.

"아, 고마워."

"요루카, 준비 수고했어. 덕분에 맛있게 먹었어."

"칸자키 선생님이 기합을 넣고 좋은 재료만 사 왔으니까. 그 사람, 얼굴에는 드러내지 않지만 꽤 즐거워하고 있나 봐."

"그래?"

"틀림없어. 부엌에서 콧노래를 흥얼거리며 채소를 다듬더라."

칸자키 선생님은 여행에 와도 변함없이 표정 변화가 적어서 그런 식으로는 보이지 않았다.

또다시 아사키의 스마트폰이 진동하기 시작했다.

"미안해, 시끄럽지? 무음모드 해둘까."

"인기가 많으면 고생이구나."

"……왜 그래? 아리사카. 뭐 이상한 거라도 먹었어?"

아사키는 스마트폰으로 향하던 손을 멈추고 미심쩍은 듯 요루카에게 시선을 보냈다.

"좋은 기회니까 하세쿠라와 조금 더 서로를 이해해보려고. 우리 관계는 아슬아슬한 곳에서 시작했으니까."

그런 식으로 요루카는 자신의 입으로 아사키와 대화를 요청했다.

"그러게. 모처럼 여행에 왔으니까, 생각하는 바를 이래저래 털어놓자고."

나는 찬성했다.

요루카와 아사키의 사이가 개선된다면 정말 좋은 일이다.

어쨌거나 내년 3월까지 남은 반년은 같은 반에서 함께 지내야 한다.

오해나 엇갈림을 없애면 괜한 스트레스를 줄일 수 있을지도 모른다.

"모처럼 바다에 왔는데 내일은 눈이 내리려나."

"더위가 누그러들어서 좋네."

"그러게. 학급 임원으로서도 협력적인 학생이 많은 게 이득이지. 그래서, 무슨 이야기를 하고 싶어?"

아사키도 동의했다.

오오, 왠지 좋은 느낌으로 출발하잖아.

역사적인 회담에 입회하는 듯한 기분으로 나는 두 사람 사이에 우호 관계가 발생하는 걸 기대했다.

"나에게 이상은 너의 완전한 철수, 잘 봐줘야 정전. 여기에 따른 상세조건의 조절을 원해."

"원하는 건 나도 거의 마찬가지야. 공연히 싸우는 건 서로 소모할 뿐이고, 단계적으로 협조할 수 있다면 양보할 수 있어."

요루카는 감정을 겉에 드러내지 않는 무표정으로, 아사키는 만인에게 호감을 줄 법한 미소를 지으며 테이블 너머로 대화를 나눴다.

"적대국 간의 외교냐고!"

대단히 사무적인 조건교섭이 시작되자 나는 무심코 소

리쳤다.

"맞는데."

"키스미는 좀 가만히 있어 줄래?"

어디까지나 교섭 테이블에 앉았을 뿐인 모양이다. 둘 다 상대방의 속을 떠보면서 자신에게 유리한 조건을 끌어낼 생각으로 넘쳐난다. 나는 얌전히 마시멜로 샌드 비스킷을 먹었다.

"처음에 확인하는데—— 순순히 포기할 마음은 없어?"

"없어."

"응. 내가 반대 입장이었어도 그랬겠지."

요루카는 예상했었다는 듯 이 건에 대해서 휙 넘겼다.

"다음으로 우리의 전제에 차이가 없는지 확인하고 싶어."

"해."

요루카의 담담한 질문에 아사키도 여유롭게 대답했다.

"세나회라는 모임은 앞으로도 유지한다. 이건 하세쿠라도 이론 없지?"

"물론이야. 내년에도 다들 같은 반이 될 수 있다는 보장이 없고, 애초에 사유는 학년이 다르니까 이 세나회라는 그룹은 계속해서 필요하다고 봐."

"그래, 세나회의 존속에는 쌍방 찬성."

이상하다. 여기만 분위기가 무겁다.

여름인데 유독 쌀쌀하게 느껴지는 건 날이 저물었기 때문만은 아니다.

내가 모닥불 쪽으로 시선을 던지자 모두의 눈이 우리를 끌어들이지 말라고 호소하고 있었다.

그 칸자키 선생님마저 고개를 돌렸다.

아리아 씨는 갑작스럽게 시작한 이 쁘띠 수라장에 폭소가 나오려는 걸 필사적으로 참았다.

늘 그랬듯 이번에도 도움은 기대할 수 없는 모양이다.

아니, 학생 식당 때처럼 휘저어놓는 것보다는 훨씬 낫지만.

"요루카, 아사키. 이러면 오래 갈 것 같지 않아? 나는 단순하게 두 사람이 더 친해지기만 해도 어지간한 건 원만하게 수습될 것 같은데."

나는 참지 못하고 털어놓았다.

지금까지 그랬던 것처럼 얼굴을 볼 때마다 싸움 모드에 들어가면 주변에 있는 사람들도 다 지쳐버린다.

"키스미, 오해하지 마. 순수하게 좋고 싫은 문제라면 서로 무시하면 그만이야. 상대방에게 경의를 품고 있으니까 문제가 복잡한 거라고."

"경의가 있다면 친하게 지내주라."

나는 진심으로 애원했다.

"키스미가 한 명뿐인 이상 그건 무리야."

"키스미. 나도 아리사카도 다른 남자에게 바로 마음이 넘어갈 만큼 쉽게 반하는 타입이 아니야. 그건 노래방에 갔을 때부터 알고 있었잖아?"

너희들 사실은 친한 거 아니냐?

골든위크 전, 처음으로 세나회 멤버끼리 노래방에 갔을 때의 일을 떠올렸다.

　그 자리에서 아사키가 이야기한 연애관에 가장 먼저 공감한 건 요루카였다.

　만약 좋아하는 사람이 달랐다면 화기애애하게 연애 이야기를 나눌 수 있는 절친한 친구가 되었을지도 모른다.

　"오히려 아리사카가 하렘을 용인하면 훨씬 원만하게 끝날 수 있어. 나는 그래도 되는데."

　아사키는 참으로 가벼운 어조로 대담한 발언을 하며 이쪽을 힐끔 쳐다봤다.

　"말, 도, 안, 돼!"

　"그렇겠지."

　"연인을 공유한다니, 무슨 생각인 거야!"

　아사키의 도발을 요루카는 진지하게 받아들였지만, 나에게는 진심으로 들리지 않았다.

　"어디까지나 제안 중 하나야. 자유로운 논의는 가능성을 넓혀주잖아."

　"상식적으로 말이 안 되거든!"

　"교내에서 제일 수준 차이 나는 커플이 평범이나 상식을 논해봤자……."

　"뭐 어때! 우리는 서로 좋아하는 사이인걸."

　"자기 좋을 때만 상식을 방패로 삼는 쪽이 비겁하다고 보는데."

"애초에 키스미는 물건이 아니야!"

"하렘을 차릴지 말지 정하는 건 키스미야."

마치 4월 말에 교실에서 아사키에게 고백받았을 때의 재현이다.

여유로운 어조로 이야기하는 아사키와는 대조적으로 요루카는 감정적으로 응했다.

"키스미가 받아들일 리 없어!"

"그렇다면 아리사카에게는 비밀로 뒤에서 키스미와 사귀어도 괜찮아."

"그걸 내가 용서할 것 같아?"

완전히 나를 제쳐놓고 둘이서 뜨겁게 달아오르고 있다.

둘 다 딱히 좋아서 싸우는 게 아니다.

그저, 아쉽게도 절충안을 찾지 못하는 것뿐이다.

먹을 것이라면 균등하게 나눌 수도 있다.

하지만 인간은 그렇지 못하다.

인간은 남과 차이를 두는 걸 아주 좋아하는 생물이니까, 특별한 것을 독점하고 싶어 한다.

특히 연애에서는 더욱.

우열이 아니라, 그저 선택받은 자와 선택받지 못한 자 사이에는 절대적인 차이가 있다.

아무래도 연애와 박애 정신은 상성이 최악이니까.

소중하니까 남이 건드리는 게 싫다.

상대방의 애정은 그걸 독점할 수 있다는 것에서 가치가

발생한다.

따라서 위협하는 존재가 나타나면 경계하는 게 당연한 반응이다.

요루카는 간신히 마음을 추스르듯 호흡을 가다듬고, 조용한 목소리로 이렇게 말했다.

"나는 이렇게 다 함께 여행에 와서 역시 즐겁다는 걸 알았어. 그건 분명 세나회 멤버이기 때문일 거야. 키스미만 빼고 본다면, 나는 하세쿠라와 대화하는 걸 의외로 재미있다고 느끼는 것 같아."

이건 요루카의 본심이다. 인간관계에서 거짓말을 할 수 있을 만큼 그녀는 능숙하지 못하다.

"하지만 나는 내 좋아하는 마음을 억누를 수 없고, 누구에게 양보할 마음도 없어. 그 탓에 누군가가 괴로워한다고 해도 이 사랑을 놓지 않을 거야."

요루카는 맑은 눈동자로 아사키를 똑바로 바라보았다.

감정을 충동적으로 발산하며 막무가내로 밀어붙이던 과거 요루카의 모습은 조금도 없다.

용기를 쥐어짜듯 필사적인 느낌도 없다. 발을 땅에 단단히 디딘 듯 흔들림 없는 말투였다.

"그러니까 이건 역시 경고가 되려나. 결국 전에 했던 말을 또 하게 되지만——."

"'방해할 거면 용서하지 않을 거야. 죽을 마음으로 싸울 생각도 없는 주제에 내 남자에게 손대지 마' 맞지?"

아사키가 요루카를 가로막고 뱉은 말은 예전에 아사키가 나에게 고백했을 때 요루카가 선언한 말이었다.

아무래도 정답이었던 건지, 요루카는 잠시 말문이 막혔다.

"강렬했거든. 토씨 하나 틀리지 않고 기억해."

훌륭하게 맞힌 아사키의 태도는 그럼에도 변함이 없다.

"아리사카의 말을 고스란히 돌려주겠다고 용감하게 말할 수 있다면 좋겠지만, 솔직히 나도 어떻게 해야 할지 모르겠어."

아사키는 방법이 없다는 듯 어깨를 으쓱하며 선뜻 토로했다.

수중의 패를 자백하는 그 태도에 요루카는 당황을 숨기지 못했다.

"그럼, 왜 경쟁하는 건데?"

"좋아하는 마음이 사라지지 않았으니까."

아사키는 당당하게 말했다.

"아리사카가 그런 식으로 행동할 수 있는 건 키스미가 다정하고 한결같은 사람이기 때문이잖아. 그런 사람에게 사랑받기 때문에 생기는 자신감. 그건 내가 그에게 매력을 느낀 부분 그 자체야. 그래서 모순되는 이야기지만, 키스미가 쉽게 다른 사람에게 넘어가지 않기 때문에 내 눈은 틀리지 않았다고 안심할 수 있어."

"안심?"

"그야 그렇잖아. 한결같다고 생각했던 사람이 유혹에 홀랑 넘어오면 되레 식는걸. 단기간에 다른 사람으로 갈아타면 그건 그거대로 좀 실망이야. 아리사카도 그렇게 생각하지 않아?"

"그렇긴 하지만……."

요루카는 어안이 벙벙한 표정으로 동의하는 게 고작인 모양이었다.

그때, 긴장감으로 꽉 조여있던 이 자리의 분위기를 깨트리듯 아사키의 스마트폰이 다시 진동하기 시작했다.

"아아, 진짜 시끄럽네!"

아사키는 그렇게 소리치며 거칠게 스마트폰을 잡고 전원을 껐다.

"미안. 중요한 이야기 하는 중이었는데."

"요컨대 하세쿠라는, 무슨 말을 하고 싶은 거야?"

요루카는 오묘한 얼굴로 물었다.

"──한결같은 사람이 언제까지 식지 않을지, 가장 가까운 곳에서 지켜보고 싶어."

안이한 현상 유지나 인내와도 다르다.

보기에 따라서는 모순된 태도로 보일지도 모른다.

실연으로 마음을 억지로 단념해야 하는 것에 저항하고, 어디까지나 자신의 마음을 속이지 않는 길을 선택했다.

"승산이 보일 때까지 장기전을 하려고?"

"어떻게 받아들이든 자유야. 나는 내가 미움받을 짓을 하지 않는 대신, 짝사랑도 그만두지 않을 거야. 그렇게 정했어. 아, 드디어 말했다."

아사키는 무척 개운한 얼굴이었다.

나와 요루카가 사귀는 현실을 인정하면서, 자신의 감정을 부정하지 않는다.

담백한 말투지만 요컨대——연애 지속 선언이었다.

바비큐 뒷정리를 마친 뒤엔 각자 자유행동 시간이었다.

밖에서 모닥불을 쬐든, 또 온천에 들어가든, 방에서 쉬든 다들 저마다 편하게 보냈다.

나와 요루카는 추가 쇼핑을 위해 근처에 있는 편의점에 가기로 했다.

다들 배려해줘서 단술이 산책할 수 있도록 보내준 거겠지.

드문드문 선 가로등을 따라 바닷가의 어둑한 도로를 걸어갔다.

대화 주제는 아무래도 조금 전 아사키에 관한 이야기가 되었다.

바닷바람을 맞아 쌀쌀해진 걸 녹이듯 요루카는 잡은 손을 놓지 않았다.

"걔랑 대화하는 거 지쳤어."

요루카는 완전히 심통이 났다.

"누구든 그런 대화를 들으면 지쳐. 너무 신경 쓰지 마."

거의 발언권을 받지 못했던 나조차 옆에서 듣기만 해도 위가 쑤셨다.

당연히 고기를 너무 많이 먹어서 아픈 건 아니다.

"……바비큐를 먹은 뒤라면 차분하게 대화할 수 있을 줄 알았어."

"그래서 먼저 말을 걸었구나."

"사유가 다도부에 들어가기로 했잖아. 그렇게 과거의 자신을 극복하려는 게 왠지 멋있어서."

"너무 과하게 칭찬하지 마. 금방 거만해지니까."

"그렇게 사유에게 선배 행세하는 거 안 좋아."

"미안. 조심은 하고 있는데."

중학생 때의 선후배 관계를 계속 끌어선 안 된다. 그 탓에 문제도 일어났다. 우리는 고등학생이고, 서로 아직 변할 여지가 많다.

"오래된 버릇은 잘 안 빠지지."

요루카는 절절하게 공감했다.

"나도 조금이라도 성장하고 싶어."

"그래, 응원할게."

"성장해서 키스미의 부담을 줄이고 싶어."

"딱히 나는 신경 쓰지 않아도 되는데. 좋아하는 사람이 의지해주는 건 오히려 기뻐."

"나도 세나회가 특수한 그룹이라는 건 알아. 다들 배려해주지 않아도 되도록 하고 싶은데, 실제로는 이렇게 배려를 받기만 하네."

"다들 요루카를 좋아하니까. 배려심 넘치는 친구들에게 고마워해야지."

"친절하네."

"그래. 자랑스러운 친구들이야."

여름 여행지의 밤길이다. 청춘영화 같은 소리를 하고 싶어지기도 한다.

"하지만 왠지 하세쿠라 아사키의 뜻대로 흘러가버린 건 역시 수긍할 수 없어!"

"흑백을 가르면 그걸로 끝나버리는 일도 있잖아. 적어도 아사키도 세나회라는 그룹을 유지하고 싶다는 걸 안 것만으로도 잘된 거지."

"나는 키스미가 없어도 하세쿠라와 친해질 자신 없어."

전에 없이 약한 소리를 하는 요루카였지만, 나는 정반대의 감각을 느꼈다.

"오히려 나는 아사키에게 나서서 말을 걸다니 장하다며 요루카를 칭찬하고 싶을 정도였는데."

"진짜?"

"그래. 요루카는 성장했어."

"더 칭찬해줘."

요루카는 느릿하게 내 팔에 매달렸다.

나는 그대로 그녀의 머리에 손을 뻗어 쓰다듬어 보았다. 요루카는 만족스러운 듯 눈을 가늘게 접었다.

"조급해할 거 없어. 커뮤니케이션 능력은 경험을 쌓으면서 단련되는 것도 있으니까."

"그런, 일방적으로 당한 느낌인데도?"

"커뮤니케이션 능력은 친하지도 않은 상대방과 의사소통할 때 늘어나. 친한 척할 수 있다면 그걸로 충분해."

"친한 게 아니라 친한 척이라고?"

요루카는 눈을 크게 뜨고 놀랐다.

"첫인상이 최악이거나, 무언가 잘못을 저질렀다고 해도 큰 문제는 아니야. 중요한 건 관계를 유지하는 것. 시간은 걸릴지도 모르지만, 단계적으로 평가를 올리면 돼. 처음부터 너무 만점을 노리지 마."

"하, 하지만 초면에 바로 좋은 인상을 주는 사람도 많이 있잖아."

요루카가 누굴 의식하는 건지 나는 바로 알 수 있었다.

"아리아 씨는 예외 중의 예외고. 그런 특수한 인간을 흉내 내 봤자 망하기만 해."

내 지적에 요루카는 작게 침을 삼켰다.

그래서 오랫동안 고생했다는 건 당사자인 본인이 가장 잘 알고 있다.

좋은 예시를 모방하는 건 나쁜 일이 아니지만, 자기 자신을 잃어버리면 본말전도다.

"그보다 요루카도 내 첫인상은 최악이었잖아. 처음 미술 준비실에 갔을 때의 첫마디가 '방해야. 돌아가. 나가'였는걸."

당시를 떠올리고 웃어버렸다.

내 생각에도 그런 만남으로 시작해서 용케 사귀게 되었다 싶다.

작년의 나에게 1년 뒤에는 아리사카 요루카와 연인이 된다고 말해도 절대 믿지 않을 것이다.

그 시절의 쌀쌀맞은 요루카도 지금 와서 보니 그립고, 다른 맛의 귀여움이 있다.

"키스미, 딴 데로 새지 마. 나에 대한 건 됐어!"

요루카의 눈이 그만 봐달라고 호소하고 있었다.

"결국 상대방이 어떻게 받아들이냐지. 아사키도 세나회에는 나름대로 갈등이 있었을 거야. 그러면서 이 여행에도 참가한 거고. 그건 알지?"

"응."

요루카는 고개를 끄덕였다.

"어떤 식으로 받아들인 건지 우리에겐 보이지 않아. 설령 세나회를 없앤다고 해도 우리는 같은 반이니까 매일 얼굴을 보게 돼. 그건 연애만이 아니라, 좋아하는 사람이나 싫어하는 사람과 오랫동안 같은 공간에 있어야만 하는 학교생활의 어려운 점이라고 봐."

요루카는 잠시 말을 곱씹는 것처럼 입을 다물고 내 옆얼굴을 바라보았다.

"또 입가에 뭐 묻었어?"

키스로 떼어주는 것도 나쁘지 않지만, 언제 누가 보고 있을지 알 수 없으니 자중했다.

"학급 임원은 다양한 걸 생각하는구나. 칸자키 선생님이 지명한 것도 이해가 가."

"——다들 사이좋게 지내는 건 무리여도, 적당히 무난하게 지내고 싶잖아."

그게 나 나름의 희망 사항이고, 이상이다.

괜히 강요하지 않고, 개인의 자유를 유지하면서도 여차할 때는 힘을 모은다.

그 정도의 완만한 유대를 유지할 수 있다면 학급 임원으로서는 최선이지.

"저기, 키스미는 옛날부터 그렇게 말솜씨가 좋았어?"

"그럴 리가. 갓난아기 때는 응애응애가 고작이었지."

"진지하게 물어보는 건데."

"글쎄. 내 경우 학급 임원을 받아들인 게 큰 것 같아. 입장 상 친한 친구 말고도 대화할 기회가 늘어난 덕분에 성장했다는 자각은 있어."

학급 임원이 되면 거의 대화한 적이 없는 사람과도 필연적으로 대화하게 된다.

같은 반 학생 전원이 이쪽의 지시를 순순히 따라주는 건 아니다. 심지어 다른 반 학생이나 선후배, 수업시간에 만난 적 없는 선생님 등 접촉해야만 하는 사람은 끝이 없을 정도다.

해야만 하는 사이에 할 수 있게 되었다.

단순하게 그뿐이다.

"키스미도 성장했다는 거구나. 대단하네."

"오오, 더 존경해도 돼."

"정말 키스미는 장해. 그러니까 여자들이 좋아하는 거겠지."

웃는 얼굴이지만 은근히 화풀이를 하는 듯한 느낌이 든다.

"그렇게 단련했으니까 뾰족뾰족하던 요루카에게도 고백할 수 있었던 거야!"

"알아. 하아. 역시 나도 언니처럼 되고 싶어."

"의외로 아리아 씨도 남에게 말할 수 없는 고민을 안고 있을지도 몰라."

나 같은 범인은 아리아 씨의 속내를 가늠하는 건 구름을 붙잡는 거나 마찬가지다.

다만 칸자키 선생님 집에서 잤을 때, 아침 카페에서 대화한 아리사카 아리아의 편린에서 나는 아직도 잊을 수 없는 '무언가'를 느꼈다.

◇ ◇ ◇

"아직 안에 들어가지 않는 건가요?"

"……와, 그쪽에서 먼저 말을 걸 줄은 몰랐어."

어둠을 비추는 모닥불 앞에서 아리사카 아리아는 홀로 잔을 기울이고 있었다.

그런 그녀에게 하세쿠라 아리아가 천천히 다가갔다.

"옆에 앉아도 될까요?"

"나와 대화할 마음이 있다면."

아사키는 대답하는 대신 의자에 앉은 아리아 옆에 쪼그려 앉았다.

정적 속에서 두 사람은 그저 앉아있었다. 모닥불이 타는 소리, 벌레 소리, 바람에 흔들리는 나뭇잎 소리. 하늘을 올려다보자 도쿄보다 별이 훨씬 많다.

"조금 전의 싸움은 제법 재미있었어."

"계속 웃고 계셨죠."

"그야 아직도 요루와 경쟁하려 하다니 대단한 근성이잖아."

"학생 식당에서 제 마음을 다른 애들 앞에서 폭로한 건 당신인데요."

"훤히 다 보였는걸. 머지않아 한계는 왔었어."

"덕분에 그때는 뻔뻔해질 수밖에 없었네요. 다만, 어영부영 자신의 감정이 들킨 건 싫었거든요."

"그래서 일부러 본인들 앞에서 짝사랑을 계속하겠다고 선언한 거구나."

"안 되나요?"

"그 두 사람 사이에 파고들 빈틈이 있을까?"

아리아의 목소리는 무척 냉정했다.

"키스미 혼자 있을 때라면 어쩌면?"

"무르긴. 그건 그가 남자니까 그렇게 느끼는 것뿐이야. 스미는 친절하고, 최대한 상대방에게 상처 주지 않으려고 하지. 하지만 진지하게 선택을 들이밀면 제대로 선택할 수 있는 아이야."

모닥불의 불빛을 받으며 아리아는 단언했다.

"정말, **키스미에 대해서** 잘 아시네요."

"그야 귀여운 제자였으니까."

"제자가 지금은 동생의 연인이라니 어떤 기분이죠?"

"그 질문에 어떤 의미가 있는데? 하세쿠라는 일일이 달려드네."

아리아는 아사키 쪽을 보았다.

"그냥 호기심이에요. 저는 외동이라 남매나 자매가 있는 감각을 모르거든요."

"사람마다 다를걸. 계속 친한 사이도 있고, 전혀 대화하지 않는 사이도 있고."

아리아는 툭 던지듯이 말했다.

"아리사카 자매는 어떻죠?"

"……닮은꼴 자매야. 크게 다른 건 요루에게는 나라는 언니가 있었지만, 나에게는 없었다는 거지. 언니인 내가 먼저 태어났고 동생인 요루는 스미와 동급생. 그 정도의 차이."

특별한 것 없는 사소한 차이에 불과하다는 양 시치미를 뗐다.

"하지만 먼저 만난 건 언니 쪽이잖아요."

"그래서?"

"저는, 연애는 상성과 타이밍이라고 보거든요. 당신과

다른 식으로 만났다면 다른 미래도 있었을까 하고."

"말하는 걸 보면 나와 스미의 상성이 좋다는 것처럼 들리는데?"

"동생에게 지지 않을 정도로는."

"⋯⋯경솔한 소리 하는 거 아니야."

아리아는 자신의 새끼손가락을 바라보았다.

"나는 스미와 약속했거든."

"약속이요?"

"그래. 손가락 걸고. 인간관계를 휘저어놓지 말라고 부탁받았어."

"망가트리면 무언가가 변했을지도 모르는데."

아사키는 악마의 속삭임처럼 부추기려 했다.

"정작 스미가 붙잡아두니까 무리 아닐까? 그는 조각난 걸 잘 묶어두거든. 정말 시즈루의 사람 보는 눈은 대단해."

"굉장히 얌전해지셨네요."

아사키는 모닥불을 바라보며 실망했다는 듯 말했다.

"네가 나에게 짜증 나는 이유를 가르쳐줄게."

"싫어하는 이유가 아니라요?"

아리아는 아사키의 지적을 무시하고 말했다.

"그냥 동족 혐오야."

"전설의 학생회장님과 제 공통점이 어디 있다고요."

"너도 상대의 됨됨이를 간파하고 행동하는 게 특기지. 먼저 머리로 생각하고 움직이니까 틀리는 일은 적지만, 예상 밖의 일에는 약해. 다양한 의미로."

"자각은 있어요."

세나 키스미에게 고백했다가 아리사카 요루카가 난입했던 걸 직접 보기라도 한 듯한 말투다. 아사키는 아리아의 혜안을 인정할 수밖에 없었다.

"하지만 어차피 연애는 논리가 아니야. 좋아한다는 감정이 먼저고, 좋아하게 된 이유는 나중에 붙이는 거지. 아무리 잊으려고 해도 좋아하는 마음은 누를 수 없어. 그래서 상처받는 것도 각오하고 지금도 스미 옆에 있지."

요루카에게 아무리 당당한 태도를 보이든, 아리아는 아사키가 오기로 버티고 있다는 걸 간파했다.

"너무 멀지도, 너무 가깝지도 않게. 그것도 나쁘지 않지. 스미는 널 배려해주고, 요령 좋은 너라면 적당히 좋은 거리감을 유지할 수 있을 거야. 다른 애들처럼 나중에 자신의 감정을 정리할 수 있다면 문제없지. 하지만 너는 아직 포기하지 않았어. 그런 상태로 그 두 사람을 바라보는 건 무척 힘들지?"

"설마 연적의 언니에게도 동정받을 줄은 몰랐네요."

"딱히 동정은 아니야. 그렇게까지 관심 없거든."

"그런가요."

신경을 쿡쿡 찌르는 것처럼 들리는 건 정곡이기 때문이다.

사랑을 논리로 재단할 수 있다면, 새 사랑을 찾는 게 효율이 높다.

적당히 연인을 만들어서 청춘의 추억을 장식하는 것도 나쁘지 않다.

그런 건 아사키도 머리로는 알고 있다.

"──뭐, 어쩔 수 없죠. 좋아하는 사람에게 연인이 생겼고, 좋아하게 된 이유는 바람도 피우지 않는 성실한 점이니까. 그렇다면 질릴 때까지 철저하게 할 수밖에요."

천연덕스러운 아사키의 태도에 이번에는 아리아가 놀랄 차례였다.

"그 긍정적인 자세는 대체 어디서 솟아나는 거야?"

"연애에는 '절대적'인 것도 '만약'도 없잖아요."

강한 바람이 불어와 모닥불의 불똥이 하늘을 난다.

아사키는 그 불똥을 보고 여름 축제 날 마지막에 놀았던 선향불꽃을 떠올렸다.

그때 마지막까지 남은 건 아리사카 요루카.

놀이에서도 이기지 못하는 자신의 불운을 저주하기도 했다.

하지만 승패를 가른 것은 그저 우연이다.

아사키는 그런 불확실한 것에 굴복하고 싶지 않다.

아직 할 수 있는 일은 얼마든지 있다.

"바보 같은 걸 믿는다고 생각하세요?"

잠시 침묵이 흐른 뒤, 아리아에게 물어본 아사키의 눈동자에는 붉게 타오르는 불꽃이 비치고 있었다.

"아주 현실적인 아이라고 감탄했어."

"아리사카와 키스미의 사랑은 맺어져서 해피엔딩일지도 모르지만, 제 사랑은 아직 진행 중이니까요. 이다음에 급전개가 기다리고 있을지도 모르죠."

"두 사람은 해피엔딩 너머를 보고 있어."

"도달할 수 있을지는 별개의 문제죠. 저희는 고등학생이니까요."

아사키는 어디까지나 현실적으로 연애를 생각한다.

"장난 아니네."

"좋아서 하는 거니까요. 분명 언젠가 이 사랑이 식을 가능성이 더 클 거예요. 그래도 지금 이 마음이 진짜인 이상, 저는 남의 사정에 맞춰 제 사랑을 놓지 않는 것뿐이에요."

"사랑을 놓지 않는다라. 멋진 말인데."

모닥불의 불꽃은 바람에 흔들려 계속 모습을 바꾼다.

그래도 어지간한 바람으로는 불이 꺼지지 않는다.

"나 하세쿠라를 다시 봤어."

"감사합니다."

갑자기 불린 이름에 아사키는 놀랐다.

아리사카 아리아는 거북한 상대이자 가장 먼 존재다. 그렇기에 한탄이나 불평을 늘어놓아도 실질적인 해가 없는 상대로 여기고 모닥불을 쬐는 그녀에게 말을 걸었다.

아사키는 혼잣말로 생각하고 말한 거였는데, 어느새 말

을 너무 많이 해버렸다는 걸 깨달았다.

"단순한 자기만족을 위해 전력을 다하다니, 진심으로 청춘에 임하는구나."

"교복을 벗으면 그런 건 못하게 되는 건가요?"

"어른이 되면 망가트릴 수 없는 게 늘어나거든."

"불편하네요."

그렇게 말하며 아사키는 자리에서 일어났다.

"그러게 말이야."

아리아는 남아있던 맥주를 단숨에 비웠다. 어중간하게 미지근해져 있었다.

"줄은 적당히 드세요. 먼저 실례합니다."

별장으로 돌아가는 아사키의 발소리는 올 때보다 가벼웠다.

"무모한 요구야. 이런 여행은 술이라도 없으면 못 견딘다고."

아리아는 그렇게 말한 뒤 다시 자신의 새끼손가락을 바라보았다.

◇ ◇ ◇

아침, 나는 답답한 느낌에 눈을 떴다.

어젯밤은 편의점에서 장을 보고 돌아온 뒤 다 함께 거실에서 트럼프 카드나 게임 등을 하며 즐겁게 보냈다.

어른 두 사람은 중간에 방으로 돌아갔지만, 남은 우리는 새벽 2시가 넘을 때까지 신 나게 놀았다.

방에 돌아갈 기력도 사라져 그대로 다같이 잠들어버렸다.

내가 눈을 뜬 건 배 위에 무언가 무거운 게 떨어졌기 때문이다. 눈을 뜨고 보자 나나무라의 다리였다.

다리를 치우고 바닥에서 살며시 몸을 일으켰다. 다들 아직 자고 있다.

스마트폰을 보자 아직 아침 5시였다.

한 번 더 잘까 고민했으나, 기왕 일찍 일어난 거 아침 목욕이라는 호사를 누리자는 생각에 나는 대욕탕으로 향했다.

지금이라면 독점할 수 있다.

"아아, 극락이다. 아침부터 노천온천이라니 고저스하네."

상쾌한 아침 공기 속에서 뜨거운 물에 혼자 몸을 담그는 극상의 시간.

"지금이면 괜찮겠지."

아무도 없는 김에 나는 어린아이처럼 슬쩍 헤엄쳤다. 그 상태로 넓은 욕조를 구석구석 만끽하듯 한 바퀴 돈 뒤 입구에서 사각을 만드는 바위 뒤쪽에서 다리를 쭉 뻗고 늘어졌다.

그 아늑함에, 밤샘과 새우잠의 피로가 겹쳐져서 점점 졸음이 쏟아졌다.

몽롱한 머리로 하얀 수증기를 바라보고 있자니 눈꺼풀이 자연스럽게 내려갔다.

왠지 세상이 아득해진다.

얼마나 그렇게 있었을까.

눈꺼풀의 무게에 마침내 패배하려던 그때.

"욕조에서 잠들면 감기 걸려."

귓가에서 속삭이는 여성의 목소리. 환청인가.

"어……."

알지만 눈이 떠지지 않는다.

"헬로. 여보세요. 자?"

뜨거운 물에 의식이 녹아버릴 듯한 비몽사몽의 세계에서 도저히 빠져나올 수 없다.

"키스미?"

내 이름을 부르는 여성의 목소리가 들린 것 같았다.

꿈이라면 혼욕이어도 문제없다. 상대방은 분명 요루카겠지. 같이 여행에 왔는데 꿈에도 나타나다니, 나도 참 얼마나 그녀를 좋아하는 걸까.

"여유롭구나."

어딘가 기가 막힌 듯한 목소리와 함께 누군가가 다가오는 기척이 났다.

"……, 어?"

물이 움직이고 누군가의 피부가 내 팔에 닿았다.

이어서 무언가가 나에게 기대는 듯한 느낌이 들었다.

꿈인데도 무게나 감촉이 느껴지다니, 상당히 생생하구나.

"이래도 안 일어나다니. 거물인데."

"응?"

나는 집요한 수마가 들러붙은 머리를 천천히 돌려서 내 옆을 보았다.

그곳에는 요루카――가 아니라.

"아, 사키?"

"좋은 아침이야. 잠꾸러기 씨."

목욕 모드로 머리카락을 올려묶은 아사키가 생긋 웃고 있었다.

"어……, 어?!"

졸음이 순식간에 날아간 나는 허둥지둥 뒤로 물러났다.

"잠깐, 물 너무 튀잖아. 얼굴 젖어버렸어."

"어어어, 어째서?!"

"일어나면 보인다."

목욕수건을 두르고 욕조에 들어온 아사키와는 다르게, 나는 당연히 전라다.

몸을 일으키던 나는 바로 욕조에 내려가 등을 돌렸다.

"어? 왜 있는 거야?"

"나도 눈이 떠져서 목욕하려고 했지. 혼자라면 마음껏 헤엄칠 수 있잖아. 그래서 바위 뒤쪽까지 와 봤더니 키스미가 자고 있더라. 모처럼의 기회니 단둘이 대화하려고."

그렇게 천연덕스럽게 설명하지 말아줘.

"남자가 있는데 들어오면 안 되잖아! 애초에 내가 있는데 왜 들어오는 거야?!"

보통 남자가 있으면 바로 도망치지 않냐.

"어? 탈의실이 잠겨있지 않았으니 영락없이 아무도 없는 줄 알았어."

아차. 잠이 덜 깬 상태라 잠그는 걸 깜빡 잊어버린 모양이다. 그건 완전히 내 실수다.

"하지만 내가 있는 걸 봤으면 돌아가라고!"

"혼욕한다 치지 뭐. 일단 목욕수건 둘렀는걸. 매너 위반은 눈감아줘."

"아니, 그 이전의 문제라니까! 무슨 생각이야!"

"으음, 알몸으로 부딪치면서 생겨나는 교류?"

아사키는 장난기 있게 웃었다.

"아니, 아니, 아니!"

목욕탕에서, 한없이 알몸에 가까운 같은 반 여자애와 단둘이.

이 기쁘면서도 부끄러운 해프닝은 대체 뭔데?!

이 상황에 나는 완전히 패닉에 빠졌다.

꿈이라면 지금 당장 깨 줘!

"아무튼 나는 바로 나갈게."

나는 아사키를 한순간도 보지 않도록 애쓰며 이동해 탈의실로 향하려 했다.

"모처럼 노천온천인걸. 더 느긋하게 있다 가지?"

하지만 등에 부드러운 감촉이 닿자 나는 움직일 수 없게 되었다.

"——, 아, 아사키?"

뜨거운 손이 양쪽 어깨에도 올라가 그 자리에 완전히 붙잡아놓았다.

"어깨가 넓고 팔도 굵네. 역시 남자구나. 여자와는 전혀 달라."

"잠깐, 아사키?!"

"부탁이야. 조금만 시간을 줘."

"하다못해 떨어져 줘."

"떨어지면 키스미는 도망칠 거잖아."

"그렇다고 해도 너무 대담하다고!"

긴급사태다. 나는 어떻게 해야 할지 알 수 없다.

"이렇게라도 하지 않으면 진지한 이야기도 못 하는걸."

"옷을 입고 얼마든지 알 수 있어!"

"다른 사람들 앞에서는 할 수 없는 말도 있고."

"무슨 말을 할 생각인데!"

"키스미, 커."

"뭐가?!"

"목소리."

나는 입을 다물었다.

"너무 시끄럽게 굴면 다들 깰 거야."

아, 큰일이다. 그건 무지막지 곤란하다.

연인이 있는 몸으로 다른 여성과 같은 욕실에 있다.

이런 장면은 누가 보기만 해도 아웃이다. 사회적으로 말

살당할 것이다.

무슨 경위든 변명하기 어렵다.

'변태 학급 임원, 연인이 아닌 여자와 아침부터 혼욕'이라는 소문까지 퍼질지도 모른다.

고등학생의 여름 여행에서 일어난 해프닝으로 정리될 수준이 아니다.

치명상이다.

여름방학은커녕 내 고교생활이 각종 의미에서 끝장난다.

그런 결말만은 반드시 회피해야 한다.

──여름의 마물은 내 안에만 살고 있는 게 아니었다.

어쩌지? 어떻게 해야 하지?

이 자리를 벗어나기 위해 나는 어떤 행동을 취하는 게 정답일까.

끓어오를 듯한 머리에 떠오르는 선택지를 검토했다.

A. 아사키를 설득한다── 무리다. 입으로는 못 이긴다.

B. 억지로 이 자리에서 도주── 안 된다. 이후 전개를 아사키에게 전부 맡기게 된다.

C. 여름의 마물을 받아들인다── 기각이다. 그래서는 완벽한 바람이다.

D. 태세를 전환해서 덮친다── 미쳤냐. 범죄잖아!

이성이 오버히트 직전이라 제대로 머리가 돌아가지 않는다.

생각하는 사이에도 딱 붙어있는 아사키의 몸. 나는 섣불리 움직일 수도 없었다.

　뜨거운 물에 너무 오래 몸을 담그는 바람에 당장에라도 탈진할 것 같다.

　제어할 수 없이 심장이 난동을 부린다. 늑골을 부러트리는 거 아닐까.

　"아무튼 이건 안 돼."

　"그럼 어떤 게 좋아?"

　"좋고 싫고의 문제가 아니라. 이런 건 이상하다고."

　나는 이해해달라며 애원했다.

　"키스미는 내가 미워?"

　"그럴 리가."

　나는 즉답했다.

　"바비큐 때 '내가 미움받을 짓을 하지 않는 대신, 짝사랑도 그만두지 않을 거야'라고 했잖아. 키스미, 지금 '그럴 리가'라고 대답했으니까 이건 세이프지?"

　"~~~, 그건 궤변이야."

　내 등에 한층 무게가 실렸다. 아사키가 머리까지 기댔기 때문이다.

　목욕수건 너머로 느껴지는 부드러운 여자의 몸이 가혹하다. 사귀는 사이도 아닌데 이렇게 밀착해도 되는 건가.

　"그럼 좋아?"

　"이런 상황에서 대답할 말이 아니야."

　단순한 말장난으로 얼버무리고, 물리적으로 움직이지

못하게 만들고, 정신적으로도 온전히 거절하지 못하게 하니 나에게 도망칠 곳은 없었다.

"나는 원래 연애의 우선순위가 낮았거든. 그런데 내가 순위를 위로 조정하게 만들 만큼 좋아하는 사람이 생겼어."

"아사키에게 그건 좋은 일인 거야?"

"응. 좋아하는 사람이 있다는 건 매일 무척 즐겁다고 실감해."

"사귀는 게 아니어도?"

"……나는 미련 맞은 걸까? 집요한 걸까?"

"좋아하는 마음을 막을 수 없다는 건 나도 잘 알아."

감정은 본인조차 제어할 수 없을 때도 있다. 소중한 대상일수록 더욱 어렵다.

"고마워. 그렇게 말해주니 조금 마음이 편해졌어."

아사키의 호흡이 거칠어진 것 같은 느낌이 든다.

"조금, 이라."

"부당함에 화가 났었거든. 좋아하는 사람에게 연인이 생겼다고 내 사랑도 끝이야? 남의 사정으로 내 사랑을 빼앗기는 건 이상하지 않아?"

"아사키, 그건."

"──계속 짝사랑하는 것 정도는 괜찮잖아."

그 말은 가슴이 조여드는 것 같은 서글픈 울림을 띠고 있었다.

누군가를 진지하게 좋아한다는 것과, 좋아하는 사람과

거리를 좁히는 건 전혀 별개의 문제다.

연인이 있는 상대와는 적절한 거리를 둔다는 규칙은 명문화되어있지 않다.

다만 암묵적인 룰로써 지켜야 할 행위이다.

아사키는 그걸 필사적으로 지키려 하고 있다.

그리고 진지한 사랑일수록 가슴의 통증을 동반한다.

"저기. 키스미……."

힘없는 목소리와 함께 아사키의 손이 내 어깨에서 떨어졌다.

"세나회의 모두와 함께 놀 때마다 생각해. 아사키는 예쁘고, 인기 많고, 무척 대화하기 쉽고, 같이 있으면 편하고 즐거워. 하지만 아사키. 나는——."

말을 마치기 전에 내 등에 닿았던 아사키의 몸이 미끄러졌다.

쓰러진다는 걸 직감한 나는 순간적으로 몸을 돌려 그녀를 부축했다.

몸에 두르고 있던 목욕수건이 벗겨졌다.

"……수영복 입고 있었나."

아사키는 목욕수건 아래에 그 빨간색과 하얀색의 줄무늬 수영복을 입고 있었다. 어깨끈이 투명해서, 내가 졸다 깨서 잠깐 봤던 때는 눈치채지 못했다.

아사키는 전신이 새빨개졌다. 완전히 익어버렸다.

그녀는 더위에 약하다고 했다. 상당히 무리했던 모양이다.

"아사키! 정신 차려! 아사키!"

"으……."

말을 걸어도 반응이 둔하다.

"위험한 거 아냐?!"

조금 전과는 완전히 다른 의미에서 긴급사태다.

망설일 여유는 없다.

나는 욕조에 떠 있던 아사키의 목욕수건을 허리에 감았다.

"미안해, 아사키."

그녀를 안아 든 뒤 서둘러 탈의실로 데려갔다.

◇ ◇ ◇

"세나의 세나다움이 이렇게 발휘되다니. 혼욕이잖아."

"스미스미도 운이 좋은 건지 나쁜 건지 모르겠네. 트러블에게 사랑받는구나."

"아사 선배는 더위에 약한데 욕실에서 수영하다 탈진하다니. 그냥 우연, 이죠?"

"우선 하세쿠라 학생도 간신히 안정된 것 같아 안심했습니다. 안심은, 했는데요……."

나나무라, 미야치, 사유, 칸자키 선생님의 양심이 따끔거리는 코멘트.

나는 뭐라고 대답해야 할지 궁리했다.

"자자. 덕분에 심각한 사태가 되지 않았으니 잘됐잖아.

불행 중 다행이란 거지. 문 잠그는 걸 깜빡한데다 입구에서 사각인 안쪽 바위 뒤에서 졸다니, 스미도 상당히 경솔했구나."

아리아 씨는 내 귀를 잡아당겼다.

"대단히 면목이 없습니다. 정말, 아리아 씨가 바로 와 주지 않았다면 어떻게 되었을지."

"하지만 굳이 수영복을 입고 헤엄치던 하세쿠라도 자업자득이지. 우연에 우연이 겹쳐진 덕분에 산 거야."

나는 도무지 이 사람 앞에선 고개를 빳빳하게 들 수 없다. 또 아리아 씨에게 도움을 받았다.

아사키가 대욕탕에서 쓰러진 뒤, 어떻게든 자력으로 탈의실까지 데려다 놓았다. 하지만 구체적으로 어떤 응급처치를 해야 하는지 몰라서 난감해하던 차에 마찬가지로 아침 목욕을 하러 온 아리아 씨가 나타났다.

수영복을 입고 바닥에 누워있는 아사키와 우왕좌왕하는 반라의 나.

아리아 씨는 놀라긴 했어도 여느 때처럼 놀리진 않았다. 한눈에 상황을 알아차리고 적절한 조치를 해주었다.

아사키는 지금 안정을 찾고 방에서 쉬고 있다.

마치 요루카와 아침 귀가 소문이 퍼졌을 때의 일이 반복된 듯한 사건이었다.

이번에도 아리아 씨가 도와주었다.

이른 아침부터 아사키가 그렇게 되었다는 이야기를 들

고 세나회 멤버들은 난리가 났다.

연인의 언니인 아리아 씨가 증언해준 덕분에 나와 아사키가 욕탕에서 마주친 것에 대해서는 깊게 의심받지 않을 수 있었다.

하지만 은근하게 찜찜해하는 분위기가 감돌았던 것도 사실이었다.

그 분위기를 불식시켜준 건 바로 요루카였다.

"키스미는 나에게 의심받을 법한 거짓말은 안 해. 설득력을 갖추려고 했다면 더 얼버무리든 생략하든 했겠지. 의심스럽긴 해도 분명 사실대로 설명한 거야."

그 후 '배고프니까 아침 먹자'라는 요루카의 한마디에 의해 이 이야기는 끝났다.

하지만 요루카는 아침식사 내내 계속 말이 없었다.

눈도 마주치지 않다가, 밥을 다 먹은 뒤에야 '잠깐 와 봐'라며 요루카가 말을 걸었다.

우리는 별장에서 나와 해수욕장까지 걸어갔다.

아직 7시 반. 해수욕장에 사람은 거의 없다.

그대로 모래사장으로 내려가 아침 바다를 바라보았다.

잠시 대화 없이 그렇게 있자, 요루카는 갑자기 파도가 치는 자리에 주저앉았다.

"요루카, 거기서 그러면 젖어."

"수영복을 입었다면 그런 말 안 했겠지."

"…………"

"욕실에서 수영복이라니 뭔데."

평소에는 일부를 깔끔하게 땋아 꾸민 요루카의 머리카락이 지금은 아무것도 없다.

요루카의 긴 머리카락이 바닷바람에 흔들린다. 높은 파도가 오면 옷도 머리도 젖어버릴 것 같다.

"요루카. 오늘 아침 일 말인데."

"아무 일도 없었잖아?"

"그래."

"키스미는 의심 안 해. 넘어가지 않는 사람이라는 걸 알고, 하세쿠라를 구하기 위해 안아 든 건 어쩔 수 없지. 언니의 말도 믿어. 하지만——."

자리에서 일어나 돌아본 요루카의 눈에는 눈물이 맺혀 있었다.

"마음이 태연한 건 아니야!"

쥐어 짜내듯이 흘러나온 그 말에 내 가슴이 짓눌릴 것 같았다.

"미안해."

"키스미는 잘못하지 않았으니까 사과하지 마!"

요루카는 울면서 화를 냈다.

젖는 것도 아랑곳하지 않고 밀려드는 파도를 걷어찼다.

"키스미만 있으면 돼! 친한 친구가 늘어나는 것도 즐거워! 하지만 친구가 늘어날 때마다 걱정도 늘어나는 게 무서워! 괜찮다는 걸 알면서도 신경 쓰여! 의심하는 내 나약

함도 진심으로 싫어!"

요루카는 몇 번이고 파도를 걷어차며 자신 안에 있는 질투심과 필사적으로 싸웠다.

연인을 독점하며 둘만의 폐쇄적인 관계로 머무를 수도 있었다.

졸업할 때까지 미술 준비실에서만 만나는 연인이어도 충분히 행복했다.

하지만 아리사카 요루카를 밖으로 데리고 나온 건 다름 아닌 세나 키스미다.

같은 반 아이들 앞에서 연인임을 선언하고 그녀를 바깥 세계에 이어놓았다.

교두보 역할임을 자인하면서도 나는 그 역할을 제대로 소화하지 못하고, 세나회라는 작은 인간관계 속에서마저 요루카를 불안하게 만들고 있다.

"약한 내가 한심하고, 속상하고, 짜증 나."

뺨을 손으로 훔친 요루카가 하늘을 올려다보았다.

요루카의 발은 어느새 바다에 완전히 잠겨 다리도 스커트도 축축하다.

"키스미. 나는 성장하고 싶어. 내가 좋아하는 사람을 지킬 수 있을 만큼 강해지고 싶어."

"나야말로 요루카를 지키고 있을까?"

"키스미가 있으니까 나는 즐거운 여름을 보낼 수 있는 거야!"

요루카는 웃었다. 조금 전의 눈물은 스스로를 향한 분함에서 나온 눈물이었던 모양이다.

"고마워. 그렇게 말해줘서 기뻐."

"응. 그래서 언젠가는 키스미를 지켜줄 수 있는 사람이 되고 싶어."

나는 무심코 샌들을 벗어던지고 바닷속에 있는 요루카에게 달려갔다.

"키스미, 멈춰! 뭐 하려고?"

직전에 제지당한 나는 굳어버렸다.

"감격에 겨운 화해의 포옹. 이번 여행에 평범한 포옹은 안 했잖아."

"평범한 포옹은 안 돼. 오늘은 공주님 안기."

"……상관은 없는데, 갑작스럽네."

굳이 공주님 안기를 지정하는 의도를 짐작해보았다.

"그야 오늘 아침에 하세쿠라를 안아 들었잖아. 그거 공주님 안기 아냐? 나한테도 아직 안 해줬는데."

내 연인은 조금 토라졌다.

화내고 울고 웃고 삐지고. 요루카의 표정은 어지러울 정도로 바쁘게 바뀐다.

사귀기 전의 아리사카 요루카의 모습에서는 상상할 수 없었던 일이지만, 지금은 당연하다는 듯 보여준다.

그게 얼마나 사랑스럽고 벅차오르는지.

"이걸로 만족하십니까, 공주님."

바닷속이라는, 어마어마하게 불안정한 지면 같은 건 기합으로 극복하며 나는 요루카를 공주님 안기로 안아 들었다.

"나쁘지 않지만, 조금 부족해."

요루카는 허세를 부리면서도 품속에서 웅크리며 조금 쑥스러워했다.

"어떻게 해야 해?"

"키스미는 그대로 움직이지 마."

요루카는 무언가를 꾸미는 듯한 눈이었다.

"뭘 하려고?"

"천벌!"

요루카가 그대로 갑자기 목을 끌어안는 바람에 균형이 무너졌다.

"억?! 잠깐, 안 돼, 으악!"

나는 어떻게든 버티려고 했으나 소용없었다.

두 사람은 함께 바다로 쓰러졌다.

성대한 물보라가 일어나고, 그 위로 파도가 덮쳐 누르듯이 철썩였다.

당연히 전신이 푹 젖어버렸다.

내가 바다에서 몸을 일으키자 요루카는 크게 웃고 있었다. 그 신이 난 모습에 화낼 기력도 사라졌다.

"무모하긴. 다치진 않았어?"

"이런 때에도 먼저 나를 걱정해주는구나. 키스미, 다정해."

"천벌이라며. 아, 이런. 팬티까지 젖었어."

"돌아가면 혼욕하면서 데우면 되지 않아?"

"그건 그거대로 나쁘지 않은데. 물론 욕실에서 수영복은 금지로."

"기어오르지 마! 키스미 변태!"

요루카가 나를 향해 힘껏 물을 뿌렸다. 그대로 우리는 질릴 때까지 바다에서 노닥거렸다.

즐거운 시간은 순식간에 끝난다.

우리는 칸자키 선생님의 별장에서 도쿄로 돌아왔다.

집과 가까운 역에서 내려주었다. 요루요루는 언니가 운전하는 차를 타고 그대로 집으로 돌아간다고 했다.

"언니, 잠깐 기다려. 히나카. 하고 싶은 말이 있어."

요루요루는 그렇게 말하며 나를 불러 세웠다.

"무슨 일이야?"

"저기, 나는 카노가 권한 밴드에 참가하기로 했어."

요루요루는 갑자기 본론을 꺼냈다.

"정말?! 다행이다. 메이메이에게서 계속 연락 왔었거든."

"그러니까 히나카. ――같이 카노와 밴드 하자!"

요루요루는 힘찬 목소리로 나에게 권유했다.

"내가 카노와 함께 연주하는 것에 관심이 있는 것처럼, 히나카도 노래하고 싶지? 그래서 경음악부에 드나드는 거고, 카노가 곤란해하는 걸 내버려 둘 수 없는 거잖아."

"그건 메이메이가 친구라서 도와주고 싶은 것뿐이야."

"마찬가지야. 나도 히나카의 친구니까 이해해."

내 눈을 가만히 바라보는 시선.

"――상처받는 게 무서운 건 그만큼 좋아하고 진심이라는 거니까."

요루요루는 실감을 담아 중얼거렸다.

"나는 그걸 키스미와 히나카에게 배웠어. 두 사람에게 행동하는 용기를 받았으니까 후회하지 않을 수 있었어. 몇 번을 고맙다고 해도 부족할 정도야."

더 일찍 행동했다면 결말은 바뀌었을지도 모른다.

그런 후회라면 셀 수 없을 만큼 많이 했다.

나 혼자서는 용기를 낼 수 없고, 결국 행동하지 못하는 자신에게 실망한다. 그걸 반복했다.

"키스미가 고백해줬기 때문에 나도 그에게 좋아한다고 말할 수 있었어. 히나카가 미술 준비실까지 와 줬기 때문에 키스미를 놓지 않을 수 있었어. 전부 주변 사람이 용기를 준 거야."

요루요루는 그렇게 말하며 내 손을 잡았다.

"만약 지금 히나카가 용기를 낼 수 없는 거라면 내가 등을 밀어줄게. 나에게 해줬던 것처럼 히나카의 힘이 되고 싶어!"

떨리는 손으로 내 작은 손을 감싼다.

——지금은 여름이라 긴 소매는 입지 않았으니, 덜렁거리는 소매로 뿌리칠 수 없다.

그 헐렁헐렁한 소매에 안심하는 건 분명 약한 나의 방패였기 때문이다.

잡고 싶은 것을 발견해도 쉽게 손을 대지 못하도록 손을 숨겼다.

처음부터 잡기 어려운 상태로 두면 실패했을 때 변명으로 삼을 수도 있다.

하지만 지금의 나에겐 그 소매가 없다. 그리고 내 무방비한 손을, 지금 요루요루가 단단히 붙잡아주었다.

"아무도 히나카의 진심을 비웃지 못하게 하겠어. 내가 절대 용서 안 해. 최고의 연주로 히나카의 노래를 받칠게. 그러니까 마이크를 들고 함께 무대에 서자."

"요루요루⋯⋯."

"나는 소중한 친구인 히나카와 함께 강해지고 싶어!"

신기하다.

혼자일 땐 그토록 무서웠던 것이 지금은 그렇지 않다.

누군가의 든든한 마음을 받고 나도 간신히 솔직해질 수 있게 된 느낌이다.

조금 눈물이 나올 것 같아서 손을 눈가로 가져가고 싶었다.

하지만 요루요루의 손이 기뻐서, 나도 마찬가지로 소중한 친구의 손을 마주 잡았다.

"힘을 빌려줘, 요루요루."

나도 요루요루와 함께 강해지고 싶었다.

"미안해, 하나비시. 나는 네 고백을 받아들일 수 없어."

문화제 실행위원회 회의 후, 아사키는 키요토라의 고백에 확실하게 대답했다.

두 사람이 있는 건 교사 뒤에 있는 벚나무 아래.

꽃의 계절은 이미 끝나고 지금은 푸르른 나뭇잎이 우거져서 시원한 그늘을 만들어주고 있다.

여름 하늘은 드높고, 멀리서 하얀 소나기구름이 끼었다.

"아직 세나를 포기하지 못하는 거야?"

키요토라는 동요하지 않고, 여느 때와 같은 초연한 태도로 물었다.

"응. 그러니까 다른 사람의 마음을 피난처로 삼고 싶지 않아."

적나라하게 이야기하는 아사키의 태도는 오히려 시원시원할 정도다.

"받는 사랑보다 주는 사랑이구나."

"타협하는 사랑보다 도전하는 사랑이야."

"아사키는 터프하네."

"사랑에 빠진 소녀는 도전정신으로 가득하거든."

"그렇다고 해도 상대는 상당한 강적이야."

차였는데도 불구하고 키요토라는 아사키를 염려했다.

"너는 보답받지 못하는 사랑이 무의미하다고 생각해?"

"쓸쓸하다고는 생각해."

"그래. 역시 너와는 안 맞네. 나는 그런 감상적인 건 원하지 않는걸."

"그럼 아사키는 어떻게 생각하는데?"

"내가 받아들일 수 있을 때까지 사랑하면 돼."

스스로 퇴로를 끊겠다는 듯 키요토라를 찬 아사키다운 당당함이었다.

"받아들인다니?"

"글쎄. 짝사랑에 지쳐서 이제 됐다고 여기거나, 그 사람보다 좋아하는 사람이 생기거나. 내가 어떤 형태로 받아들일지 지금은 상상할 수 없어."

"어째서 그렇게까지 하는 거야?"

"그야 식지 않으니까."

역경에서 오히려 강해지는 의연함. 자기자신에게 솔직하고자 하는 곧음.

그 모든 것이 하세쿠라 아사키의 매력이다. 키요토라의 눈에는 그녀가 여름 햇살보다 더 눈부셔 보였다.

"영원한 사랑을 증명할 수 없는 이상 이뤄진 사랑만이 정답이라는 건 난센스지."

"아사키. 그래도 영원히 보답받지 못하는 건 실재해."

벚나무에서 떨어져 내리는 매미 울음소리가 시끄럽다.

"하나비시는 연애 많이 해봤지? 그런 말을 할 거라면 아프지 않게 사랑을 끝내는 방법을 가르쳐줘."

잠시 침묵이 흐르고 간신히 입을 연 아사키의 목소리는 희미한 짜증이 섞여 있었다.

"……미안해. 나로서는 역부족이야. 나는 지금의 아사키가 원하는 조언을 몰라."

"퍽 친절하네. 오히려 찬 나는 매도하는 말 정도는 각오했었는데."

"좋아하는 사람에게 그런 심한 말은 못 하지."

키요토라는 이런 상황에도 여전히 친절하다.

그 방식은 세나 키스미와 조금 닮았을지도 모른다는 생각이 아사키의 머리를 스쳤다.

"하지만 나에게 차였으니 금방 다른 사랑으로 위로받을 거지?"

"글쎄. 이래 보여도 나름대로 충격을 받았거든. 분명 나도 남들만큼 당분간은 너를 계속 좋아할 거야."

"이렇게 안중에도 없다는 듯이 말하는데?"

"아사키도 쉽게 포기할 수 없을 만큼 매력적이야. 그런 특별한 사람을 만난 나는 이미 행복한 사람이니까."

꾸밈없는 하나비시의 말에 아사키는 조금 인식을 수정했다.

"……하나비시는 그냥 여자를 좋아하는 줄로만 알았는데."

"부정은 안 해. 다만 네가 누구보다도 찬란하게 빛났으니 내가 끌리고 만 것뿐이야."

"괴짜네. 얼마든지 고를 수 있으면서."

여느 때와 같은 키요토라의 닭살 돋는 말에 아사키는 그제야 환한 미소를 지었다.

"서로 특별한 사람이 마음에 있는 상대를 돌아보게 하는 건 고생이구나."

"하지만 대신할 사람 같은 건 없잖아."

아사키와 키요토라는 서로의 눈을 보며 끝을 자각했다.

"우선 문화제를 성공시키기 위해 앞으로도 협력해줘. 하세쿠라."

"물론이야. 성실하게 일하라고, 학생회장."

신기하게도 키요토라는 조금 전보다 훨씬 하세쿠라 아사키의 존재를 가깝게 느끼게 되었다.

◇ ◇ ◇

"밴드 이름은 어떻게 할까?"

여름방학 도중 경음악부에 모인 요루카와 미야치, 카노 미메이는 둥글게 앉아 머리를 맞대고 있었다.

요루카가 미야치 설득에 성공하여 무사히 문화제에 나가기 위한 밴드를 결성하게 되었기 때문이다.

멤버는 보컬이 미야우치 히나카, 기타는 나 세나 키스미, 베이스에 카노 미메이, 키보드가 아리사카 요루카. 그리고 드럼은 학생회장인 하나비시 키요토라로 정해졌다.

우리가 밴드에 들어가기로 정한 시점에서 한 번 더 하나비시를 권유하자는 이야기가 나왔다. 그때 하나비시 쪽에서 먼저 참가를 희망한다는 메시지가 왔다.

하나비시는 드럼의 기초를 탄탄히 닦은 경험자이기 때문에 딱히 걱정은 없을 거다.

카노의 실력은 말할 필요도 없고, 요루카와 미야치도 남에게 들려줄 수 있을 만한 실력이 된다.

유일한 불안 요소가 있다면 기타 담당인 나다.

"카노! 밴드 이름 같은 건 나중에 하고 나에게 기타를 가르쳐줘!"

"그런 건 어떻게든 된다니까."

"되겠냐! 초보는 연습밖에 답이 없다고!"

여자 무리에 끼는 대신 나는 필사적으로 기타를 잡았다. 어떻게든 기억하는 코드를 깔끔하게 치려고 해봤지만, 자꾸 잡음이 섞였다.

한시라도 빨리 숙달되어야만 한다. 아, 또 틀렸다.

"세나키스야말로 이쪽에서 같이 생각하자."

"그럴 여유 없어. 밴드명은 너희에게 맡길게."

"나중에 불평하기 없기다?"

"됐으니까 파바박 정하고 날 가르쳐줘."

지금은 8월 중순. 문화제는 10월. 그 사이에 체육제도 있고, 문화제 실행위원회로서 해야 하는 일도 있다. 실질 기타를 연습할 시간은 많지 않다.

하지만 하겠다고 정한 이상 내가 발목을 잡을 수는 없다.

내가 진지하게 기타를 연습하는 옆에서 여자들이 이러쿵저러쿵 의견을 나눴다.

음악을 좋아하는 미야치와 카노는 밴드명에 일가견이 있는지 적당한 명명을 허락하지 않았다

아이디어는 여러 개가 나왔지만 세 명 모두의 마음에 드는 건 아직 찾지 못한 모양이었다.

"밴드명을 정한다는 건 어렵구나."

요루카가 솔직한 감상을 흘렸다.

"괜찮은 느낌의 단어는 이미 사용되고 있으니까."

"확 단순하게 카노 미메이 밴드로 해버릴까?"

답답해진 미야치가 개그로 탈선했다.

"뭐야. 싫어. 더 센스 있는 느낌으로 하자. 개그는 내 취향이 아니야."

"그럼 메이메이가 독단으로 정해버려."

"못해~~. 나 이런 센스는 없는걸."

카노는 항복하듯 말했다.

"센스 있는 밴드명이라는 건 구체적으로 어떤 거야?"

요루카는 계속 진지하게 고민했다.

"단어와 단어의 조합, 기존에 있는 말의 어레인지, 고어나 옛스러운 말을 알파벳으로 변환. 그 외엔 밴드에 관련된 에피소드에서 유래하기도 하고."

카노가 꼽은 구체적인 사례를 듣고 미야치가 농담처럼

제안했다.

"카노 미메이. 미메이에 한자를 붙인다면 아름다울 미(美)에 울릴 명(鳴)이니까, 아름답게 울리는 소리를 영어로 해서 뷰티풀 사운드?"

"너무 직설적이고 거창해. 게다가 실전에서 아름다운 소리가 난다는 보장도 없고."

카노가 이쪽을 쳐다봤다.

나는 그 말을 증명하듯 또다시 어정쩡한 기타 소리를 냈다.

"매니저도 아니고 정식 멤버로 격상된 초보에게 과한 기대는 하지 마."

"세나키스, 괜찮아. 처음엔 다들 초보야."

경음악부의 카리스마는 참으로 낙천가다.

"우선 히나카의 아이디어는 탈락. 애초에 내 이름은 날이 밝기 전, 미명(未明)에서 태어났기 때문에 미메이라고 아빠가 그랬어. 한밤중에 음악 작업을 하면 최고로 아름답게 울리는 시간대에 태어난 딸이라고."

"태어난 시간대와 음악에서 유래한 두 가지의 의미를 지녔구나. 멋지네."

요루카는 미메이라는 이름의 유래에 감탄했다.

"우리도 더 단순하게 생각해 볼까. 다섯 명의 공통점 같은 건 없나?"

미야치가 다시 고민했다.

"같은 반은 아니고. 같은 학년?"

"그럼 누구와 팀을 맺든 똑같잖아. 더 우리만의 공통점이 좋아."

세 사람은 잠시 생각에 잠겼으나, 곧바로 같은 답을 내놓았다.

"키스미네." "스미스미잖아." "세나키스."

"잠깐, 세나 키스미 밴드는 결사반대야!"

세나회라는 그룹명이 정해졌을 때와 같은 흐름을 느낀 나는 즉각 반대했다.

여자들끼리 모였을 때의 장난기는 상당히 악질이다.

"세나키스. 불평하지 않기로 약속했잖아."

"아직 정하기 전이니까 세이프야. 아무튼 다른 이름으로 해줘."

"하지만 스미스미로 연결된 것도 사실이잖아. 메이메이의 매니저이고, 스미스미가 있으니 요루요루가 참가한 거고. 나나 하나비시도 처음엔 스미스미가 권유한 거였으니까."

미야치는 무언가 걸리는 게 있는 것 같았다.

"키스미가 연결해준 밴드. 키스미(希墨)의 이름을 영어로 직역하면 희귀한 묵…… 레어 잉크."

"아, 좀 좋아 보여! 더 짧은 게 발음하기 좋겠지만."

카노도 적극적이었다.

요루카는 종이에 알파벳으로 Rare ink라고 적었다.

"키스미가 연결한 밴드. 연결은 영어로 Link."

요루카는 퍼즐을 푸는 것처럼 입으로 발음하며 종이 위

에 펜을 휘갈겼다.

"I, N, K가 겹치네. 이것도 줄이고, 여기다 밴드니까 복수형인 S를 붙이면. R−inks라고 쓰고 링크스라고 읽는 건 어때?"

요루카는 새 종이에 R−inks라고 적어 모두에게 보여주었다.

불평하는 사람은 아무도 없었다.

이리하여 우리 밴드 이름은 링크스로 정해졌다.

밴드명 문제가 일단락되자, 카노 미메이가 주도하는 지옥의 기타 특훈이 시작되었다.

평소엔 나른한 카노도 음악에 관해서는 엄격하다.

그날 연습이 끝났을 때는 손가락이 아주 얼얼했다.

"손끝이 단단해질 때까지는 한동안 아프겠네."

피곤해서 저녁을 먹었더니 바로 졸려서 침대로 쓰러졌다.

그대로 꾸벅꾸벅 졸고 있을 때 아리아 씨에게서 전화가 왔다.

『스미?』

"무슨 일이에요? 저 졸린데요."

『아직 상식적인 시간의 전화인 것 같은데.』

"오늘은 좀 피곤해서요."

『요루에게 들었어. 밴드 한다면서? 왜 남자는 인기를 위해 밴드를 시작하는 걸까.』

"그런 사심 없거든요."

『뭐, 스미는 이미 인기 많으니까.』

아리아 씨가 전화 너머에서 웃는 기척이 났다.

"굳이 전화라니 무슨 일 있어요?"

『일단 지난번 일의 애프터 서비스. 요루를 보아하니 딱히 달라진 건 없어.』

"……친절하게 감사합니다. 지난번 여행 때도 운전 고생하셨어요."

『괜찮아. 그 정도는 가족 서비스에 포함되니까.』

아리아 씨의 배려가 깊이 울렸다.

"아사키가 탈진했을 때도 아리아 씨가 와 줘서 다행이었어요. 정말, 다른 누군가였다면 어떻게 설명했을지."

『별로 대단한 일도 아닌걸.』

"……저는 어중간하게 구는 걸까요?"

문득 마가 낀 것처럼, 마음에 담아두었던 불안을 토로했다.

『글쎄. 스미나 요루가 진심으로 하세쿠라를 싫어한다면 확실하게 말해야 하고, 그 애도 한계를 느끼면 알아서 떨어질 거야. 설령 그렇게 되어도 학급 임원의 일은 선을 긋고 행동할 줄 아는 타입이라고 봐. 하세쿠라도 현상 유지를 바라는 것 같은데, 스미와 요루가 용인할 수 있다면 눈치채지 못한 척하는 게 최소한의 배려 아닐까.』

"인간관계는 어렵네요."

『인간관계로 골치 아프기 싫다면 단체 내부에서 연애하는 거 아니야. 뭐, 고등학생은 아직 세계가 좁으니까 어려울 테지만.』

"실감하고 있습니다."

『그렇고 그런 일은 없었지?』

"요루카를 걸고 맹세컨대 없습니다!"

나는 즉답했다.

『반하네 마네 하는 건 청춘의 참맛이니까, 더 편하게 즐기지 그래? 연애로 인생이 전부 정해지는 건 아니야.』

아리아 씨가 살며시 타일렀다.

"감사합니다."

『감사는 무슨. 그럼 잘 자. 문화제 라이브, 기대할게.』

아리아 씨는 내 대답도 기다리지 않고 전화를 끊었다.

"조금 열심히 해 볼까."

어느새 졸음이 날아간 나는 다시 기타를 향해 손을 뻗었다.

앞으로 문화제까지 약 한 달 반, 여유로운 시간은 모조리 기타 연습에 쏟아붓는 나날.

내 캘린더에 휴일은 당분간 없을 것 같다.

◇ ◇ ◇

연습실을 예약해서 처음으로 링크스의 전체 멤버가 모인 합동 연습을 하기로 했다.

나는 하나비시와 연습 중에 수분공급 차 마실 것을 사러 가는 김에 새삼 그에게 감사를 전했다.

"고마워, 학생회로 바쁜데 드럼을 받아들여 줘서."

"나야말로 좋은 기분전환이 될 것 같아 다행이야."

"그, 아사키에게 들었어."

"내가 드럼을 치는 건 늘 스트레스 해소를 위해서지. 타이밍도 좋았어."

"고마워."

"나와 세나는 소중한 친구잖아."

"오히려 나를 아직 그런 식으로 생각해주는구나."

나는 하나비시 키요토라의 인품과 넓은 그릇에 감탄했다.

"아사키—— 아니, 하세쿠라에게 차인 덕분에 나는 또 사랑의 심연을 배웠어."

"이 이상 인기가 많아져서 어쩌려고?"

"다음에 올 진실한 사랑이라도 찾아야지."

하나비시 키요토라는 언제나 흔들림이 없다.

자동판매기에서 마실 것을 사고 연습실로 돌아가던 도중, 나는 문득 질문했다.

"하나비시는 왜 아사키가 좋은 거야?"

프린스 키요토라는 웬일로 쑥스러워하며 대답했다.

"……, 나를 진지하게 혼내주니까."

사람이 사랑에 빠지는 이유는 사람의 수만큼 존재한다.

"세나야말로 왜 아리사카를 좋아하게 된 건데?"

"칸자키 선생님이 시켜서 학급 임원이 된 뒤에 요루카와 대화하다가."

"세나, 내 눈은 옹이구멍이 아니야. 아리사카 같은 미인과 친근하게 대화하다 보면 누구든 좋아하게 되겠지. 그런 게 아니라 세나 키스미라는 남자가 느낀 특별한 이유를 듣고 싶어."

하나비시가 대답해준 이상, 나도 대답해야만 한다.

"입학하고 처음 교실에서 요루카를 봤을 때, 저렇게 예쁜 사람이 다 있다고 놀랐어. 그 뒤에는 왜 웃지 않는 건지 계속 신기해했지. 나 같은 타입에게는 절벽 위의 꽃이라 무리라도, 나중에 누군가가 그 애를 웃게 해줄 수 있지 않을까. 그런 생각으로 멀리서 바라보기만 했어. 하지만 막상 대화하다 보니—— 욕심이 생겼지."

"욕심?"

"내가 아리사카 요루카를 웃게 해주고 싶다고."

"세나가 흔들리지 않는 이유가 있구나."

하나비시는 조용히 고개를 끄덕였다.

"독점욕이라는 자각은 있어. 그래서 나는 앞으로도 요루카가 하고 싶은 일을 도우며 함께 성장해나갈 뿐이야. 나도 아직 멀었으니까."

"좋아하는 사람에게 푹 빠져버리는 건 청춘의 숙명이지만, 너무 무리하지는 마."

하나비시는 어째서인지 나를 걱정했다.

"자, 드디어 링크스 시동이구나. 신나게 가 보자고!"

리더인 카노 미메이의 구령에 저마다 악기를 들었다.

"유능한 매니저이자 기타 초보인 세나키스 덕분에 무사히 멤버를 갖췄어. 다들 참가해줘서 고마워! 덕분에 문화제 무대에 설 수 있게 됐어."

카노는 천진난만한 미소를 지으며 흥겹게 베이스를 튕겼다.

자기소개 대신 담당 악기를 연주하라는 모양이다.

"우리만의 음악을 즐기도록 하자."

하나비시가 멋지게 스틱을 다루며 드럼을 두드렸다.

명백하게 실력이 뒤떨어지는 나에게 앞으로 즐길 수 있는 여유가 생길지 불명이지만, 최선을 다해야지.

"잘 부탁해."

요루카가 담백하게 말한 뒤 건반 위에서 손을 미끄러트렸다.

"신기한 멤버가 모였구나."

보컬인 미야치는 단단히 잡은 마이크 너머로 웃었다.

경음악부의 카리스마, 학생회장, 학교 최고의 미소녀 등 얼핏 연관이 없어 보이는 멤버가 모인 밴드가 지금 결성되었다.

"할 수 있는 걸 모두 해서 멋진 추억을 만들자고!"

나는 피크로 기타를 아무렇게나 쳤다.

내가 연결한 이 다섯 명으로 어떤 라이브를 만들어낼지 점점 기대되었다.

"키스미. 나를 제대로 봐 줘."

"당연하지."

올여름 최고기온을 갱신할 정도로 뜨거운 나날이 지금부터 시작된다.

후기

처음 뵙겠습니다, 또는 오랜만입니다. 하바 라쿠토입니다.

『다른 사람과 하는 러브코미디는 용서하지 않을 거니까』 4권을 읽어주셔서 감사합니다.

맞사랑 러브코미디에 여름이 왔습니다!

문화제 준비로 등교하면서 연인과 밀회, 수영복 쇼핑, 수족관 데이트, 친구들과 놀러 가는 축제와 여행, 바다에서 입는 수영복, 온천 등 즐거운 이벤트로 가득한 여름방학.

더운 계절에 몸도 마음도 가벼워지면—— 여름의 마물도 고개를 든다?

4권에서 히로인 네 명이 집합하는 호화로운 표지가 나왔습니다.

작가로서는 와타러브의 시즌 2 개막이라는 기분입니다.

다들 여름에 들떠서 대담해진 게 재미있었습니다. 얼핏 폭주하는 것처럼 보여도 저마다 착실하게 새로운 한 걸음을 내딛고 있는 게 인상적입니다.

그리고 기다리셨습니다. 드디어 아사키의 턴입니다.

모범생이자 인기인인 아사키는 분위기 파악을 잘하는 똑 부러진 아이. 그런 그녀의 연애 지속 선언.

짝사랑도 훌륭한 연애.

흔들리는 자신의 감정과 성실하게 마주 보는 소녀의 강

함과 약함이란 사랑스럽죠.

마지막으로 감사 인사를.

담당 편집자 아난 님. 제 고민과 질문에 진지하게 대답해주셔서 늘 감사합니다. 계속해서 잘 부탁드립니다.

일러스트 담당인 이코모치 님. 매번 제가 상상한 것을 100% 이상으로 구현해주셔서 감사합니다. 4권은 수영복에피라는 이유로 히로인 6명의 수영복이라는 혹독한 의뢰에 호화롭기 짝이 없는 수영복으로 바닷가에 있다는 최고의 일러스트로 답해주셨습니다. 한여름의 낙원은 여기에 있습니다.

디자인, 교열, 영업 등 이 작품의 출판에 조력해주신 관계자 여러분들께도 감사 인사 드립니다.

경음악부 관련으로 취재를 허락해주신 여러분, 대단히 도움이 되었습니다.

가족, 친구, 지인, 동업자 여러분. 늘 감사합니다.

다음 페이지부터는 5권 예고입니다.

다가오는 가을 문화제. 과연 링크스는 라이브를 성공시킬 수 있을 것인가?

새 캐릭터인 학생회장 하나비시 키요토라와 경음악부의 카리스마 카노 미메이의 활약에도 기대해주세요.

그럼 하바 라쿠토였습니다. 5권에서 다시 만나요.

BGM : 사카낙션『잊을 수 없어』

즐거웠던 여름방학도 순식간에 끝이 보인다.

여름방학에 열리는 문화제 실행위원회 회의도 오늘로 일단 일단락된다.

아사키는 키스미가 사전에 충고했던 대로 메인 무대 담당 업무가 생각했던 것 이상으로 다방면에 걸쳐있다는 걸 실감했다.

"……, 하아."

아사키는 막대한 업무량에 무심코 한숨을 쉬었다.

긴장을 풀면 세나회 여행에서 있었던 일이 뇌리를 스친다. 특히 노천온천에서는 너무 대담한 짓을 해버렸다고 반성하면서도, 탈진했다는 창피한 결과가 나오는 바람에 민망하다. 아무리 수영복을 입고 있었다지만 자신이 생각하기에도 과했다. 만약 농담으로 끝낼 수 없는 전개가 되었다면 자신은 지금쯤 어떻게 되었을까. 그렇게 생각하니 자연스럽게 뺨이 뜨거워진다.

"왜 그래? 아사키. 뭐 모르는 거라도 있어?"

"힉?!"

파트너 키스미와는 변함없이 대화를 나눈다.

그는 여행에서 돌아오고 얼마 후 기타를 짊어지고 회의에 참가하게 되었다. 카노 미메이의 새 밴드 링크스의 멤버로서 문화제 무대에 선다고 한다.

평소처럼 어쩌다 보니 받아들였다는 분위기가 아니라,

'반드시 성공시킨다'는 적극적인 자세와 단단한 각오가 느껴졌다.

"아, 응. 그, 괜찮아. 잠깐 딴생각을 했던 것뿐이니까."

"그래? 그럼 다행이고."

안 된다. 모처럼 키스미가 변함없는 태도로 대해 주는데 자신이 과하게 의식하면 일에 지장을 주게 된다.

아사키는 기분을 전환하려다가 스마트폰에 어머니의 메시지가 와 있다는 걸 알아차렸다. 내용을 확인한 아사키가 안색이 바뀌며 복도로 뛰쳐나왔다.

전화를 걸자 어머니는 바로 받았다.

"엄마? ──재혼이라니, 진심이야?"

『……, 응. 갑자기 놀랐지? 미안해. 계속 거절했었는데, 그의 마음은 영원히 변하지 않는다고 다시금 청혼받았어. 그러니까, 그, 아사키도 한 번 만나줬으면 하는데.』

어딘가 겸연쩍어하며 말하는 어머니의 말이 귀에 들어오지 않는다.

어릴 때 아버지를 잃고 어머니와 딸 단둘이 친구와도 같은 관계로 서로를 도우며 살아왔다. 대학 추천 입학을 노리며 모범생으로 사는 것도 오로지 어머니의 부담이 되지 않기 위해서다.

그런데 전부 뒤집혀버린 듯, 갑자기 발밑이 꿀렁거리는 감각이 밀려들었다.

공포에 질린 아사키는 충동적으로 전화를 끊어버렸다.

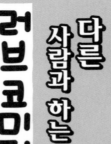

다른 사람과 하는 러브코미디는 용서하지 않을 거니까

강해지고 싶다.
서로의 '사랑'을 위해
성장하려고 결심한 키스미와 요루카.
맞사랑은 한층 흔들림 없는 사랑을 향해간다.

바쁜 와중에 필사적으로 기타 연습에 매진하는 키스미.
잇달아 들이닥치는 문제는 그의 한계를 시험한다.
단순한 추억 만들기로 끝낼 수 없다.
마음을 모두 담아서, 지금
사랑과 청춘에 불타오르는 문화제가 막을 연다.

제5권 발매 예정!!!!

WATASHI IGAI TONO LOVE COMEDY HA YURUSANAINDAKARANE Vol.4
©Rakuto Haba 2021
Edited by 전격 문고
First published in Japan in 2021 by KADOKAWA CORPORATION, Tokyo.
Korean translation rights arranged with KADOKAWA CORPORATION, Tokyo
through Korea Copyright Center Inc.

다른 사람과 하는 러브코미디는 용서하지 않을 거니까 4

2022년 9월 14일 1판 1쇄 발행

저   자 하바 라쿠토
일 러 스 트 이코모치
옮 긴 이 현노을
발 행 인 유재옥
본 부 장 조병권
담 당 편 집 정영길
편 집 1 팀 김준균, 김혜연, 박소연
편 집 2 팀 정영길, 조찬희, 박치우, 정지원
편 집 3 팀 오준영, 곽혜민, 이해빈
미   술 김보라, 박민솔
라이츠담당 맹미영, 이승희, 이윤서
디 지 털 박상섭, 김지연
발 행 처 ㈜소미미디어
인쇄제작처 코리아피앤피
등   록 제2015-000008호
주   소 서울 마포구 토정로 222, 403호(신수동, 한국출판콘텐츠센터)
판   매 ㈜소미미디어
마 케 팅 한민지, 최정연, 박종욱
물   류 허석용
전   화 편집부 (070)4164-3962, 3963 기획실 (02)567-3388
              판매 및 마케팅 (070)4165-6888, Fax (02)322-7665

ISBN 979-11-384-1353-4 (04830)
ISBN 979-11-6611-864-7 (세트)